그럼에도 불구하고 사랑합니다

그럼에도 불구하고 사랑합니다

지은이 금강 미산 목종 범수 법상 법타 보경 선업 성원 성전 송강 원철
월호 일선 종광 종하 주경 주석 지광 지장 청전 현진 현호 혜자
1판 1쇄 인쇄 2010년 10월 13일 | 1판 1쇄 발행 2010년 10월 18일 | 발행인 신혜경
발행처 마음의숲 | 등록 2006년 8월 1일(105-91-03955) | 주소 서울시 마포구 서교동 464-46 서강빌딩 201호
전화 (02) 322-3164~5 팩스 (02) 322-3166 | 마음의숲 카페 cafe.naver.com/lmindbookl
기획 권대웅 | 편집 박희영, 유석천, 안은광 | 디자인 오민재 | 마케팅 노근수, 김국현 | 홍보 인터넷사업팀 박도영
ISBN 978-89-92783-39-2 03810

그럼에도 불구하고 사랑합니다

금강 미산 목종 범수 외

마음의숲

차례

01

산은 뾰족뾰족 물은 찰랑찰랑
바람은 솔솔 꽃은 도란도란
도인의 삶이 바로 이와 같으니
어찌 구구히 세상일을 따르리.
지엄

금강

땅끝마을 아름다운 절 미황사에 살고 있습니다. 열일곱 살에 대흥사 지운 스님을 은사로 출가했습니다. 〈범종단 개혁추진회〉 공동대표를 맡아 종단 개혁을 도왔습니다. 백양사 서옹 큰스님을 모시고 참사람운동과 무차선회를 기획하여 한국의 선을 일반화하고 세계화하는데 일조했습니다. 2000년부터 지금까지 미황사 주지 소임을 맡아 한문학당, 템플스테이, 참선수행 · 참사랑의 향기, 괘불재 등 다양한 수행과 교육 문화 프로그램을 진행하면서 '세상과 호흡하는 산중사찰의 전형' 을 만들었다는 평가를 듣고 있습니다. 현재 조계종 교육위원입니다.

세상과 소통하는 작은학교

봄 향기 가득한 따사로운 햇살 받으며, 동백꽃 가득한 도량을 빙글빙글 돌다가 산기슭 모퉁이에서 아랫마을 작은학교 여교사 한 분을 만났습니다. 시퍼런 낫을 들고는 키 큰 시누대를 다듬고 있었습니다.

"뭐하세요."

"예, 아이들과 투호하게요."

도시학교에서 근무하던 이 교사는 몇 해 전에 농촌학교를 찾아 지원해서 땅끝까지 내려왔습니다. 이분이 몇 안 되는 아이들이지만 밝고 깨끗한 심성을 유지하고 다양한 경험들을 할 수 있도록 쉼 없이 노력하는 모습을 나는 여러 번 목격한 적이 있습니다.

전통차 마시는 법을 가르쳐서 틈나는 대로 모여서 차 마시며 토론하고, 치자 열매로 염색도 가르치고, 탁본도 하고, 작은 승용차로 체험 학습도 다니고, 멀리서 절에 귀한 사람 찾아오면 초청해서 아이들과 여러 가지 세상 이야기를 들려주는 그런 착한 교사입니다. 오늘은 쪼그리고 앉아서 위험하기 짝이 없는 낫을 들고 아이들의 꿈을 찾아 주려 애쓰고 있습니다.

송지초등학교 서정분교장. 교정에 들어서면 멀리 달마산이 열두 폭 병풍처럼 둘러져 있고, 새파란 보리가 자란 논밭이 감싸 안은 작고 아름다운 학교입니다. 오래도록 인근 마을사람들이 한 그루 한 그루 나무를 가꾸어 심은 어여쁜 정원이 있는 꿈의 학교입니다. 운동회나 명절이면 작은 운동장에 삽과 호미자루, 깊은 시름 논밭에 내던지고 40년이 넘도록 웃음꽃 넘치는 학교입니다. 우리 주변에 이런 작고 아름다운 학교가 점점 사라지고 있습니다. 학교가 사라지니 이런 학교에 어울리는 교사도 사라집니다.

국가의 경제개발 과정에서 탈 · 이농 현상으로 농촌 인구가 줄어들었습니다. 학생 수가 적어서 학교는 분교가 되고, 분교는 통폐합이 되어 사라지고 맙니다.

작은학교 서정분교도 학생 수가 적다는 이유로 폐교 대상으로 결정되었습니다. 교육청은 서정분교를 폐교로 확정하기 위해 간담회, 공청회를 거치는 행정 수순을 밟았습니다.

나는 학부모들과 교육청 관계자들을 설득하여 서정분교를 살려냈습니다. 인근 학생들을 유치하고, 음악, 미술, 생태체험 프로그램도 개발하여 학부모도 참여할 수 있게 했습니다. 나 역시 탁본과 다도를 가르치는 교사가 되어 아이들을 사랑으로 품었습니다.

나는 그때 서정분교가 반드시 존재해야 한다고 여겼습니다. 아이들을 매개로 함께하는 농어촌공동체를 생각한다면 폐교를 쉽게 결정해서는 안 된다고 생각했습니다.

2002년까지 농어촌의 구조조정을 위해 45조 원이라는 천문학적인 자금을 쏟아 부었지만 점점 인구가 줄어들어 호전될 기미가 없었는데 이에는 교육의 문제가 크게 작용합니다. 교육 시설이 없어지면 문제점은 개선되지 않습니다.

전교생이 26명밖에 되지 않아 폐교 위기에 놓이게 된 남한산초등학교는 '작은학교 살리기 및 새 학교 만들기'라는 취지 아래 전 · 입학 추진위원회를 만들어 학부모들이 학교설명회와 교육프로

그램 개발을 통해 작은 시골 학교를 40:1의 입학경쟁률을 자랑하는 학교로 만들었습니다. 또 충청남도 아산의 송악면에 있는 거산분교도 50여 가구가 그 지역으로 전입하면서 지난해 폐교 위기에서 67명이라는 아이들이 전학을 해 왔습니다. 단지 학생 수가 적다든가 다른 이용 계획이 있다는 쪽으로 시각을 고정시켜서 함부로 폐교 결정을 하는 일은 없어야 할 것입니다.

교육청에서는 학생 수가 적어 아이들이 문화실조현상에 접하고 있다고 여기지만, 오히려 초등교육은 농촌의 작은학교에서 받는 게 여러모로 장점이 있습니다. 나무와 풀꽃이 심성과 상상력을 풍부하게 만듭니다. 학생들끼리 세심한 배려 속에 토론 문화를 이끕니다. 학원과 학교가 쉴 틈 없이 획일화되고 기계화되는 반복을 피할 수 있습니다. 여기에 지역의 각 분야 전문가들이 교육적 문화적 도움을 준다면 훌륭하고 아름다운 작은학교를 만들어 낼 수 있지 않겠습니까. 아이들을 위해 작은학교를 살리고 농촌의 색다른 문화를 키우는 것이 진정한 사랑을 나누는 길입니다.

이러한 점을 강하게 주장하여 결국 지역 사람들이 노력하여 상상 속에서만 가능한 일을 하는 멋진 학교와 농촌을 만들어 낼 수 있었습니다.

나는 여름이 되면 늘 '한문학당'을 엽니다. 생각만으로도 설레는 걸 보면 분명 내가 좋아서 하는 일이 확실합니다. 초등학교 고학년들과 매년 씨름하듯 여름을 훌쩍 보냅니다.

한문학당을 시작하면 고즈넉한 산사에 감돌던 기운이 달뜨고 경쾌해지며 활기차집니다. 예불하는 목소리도 높아지고 그 속도도 빨라집니다. 아이들이 흩뿌려 놓은 온기 덕분입니다. 산사는 금세 아이들의 움직임을 좇아 하나가 되어 돌아갑니다.

그도 그럴 것이 주지나 스님으로서의 입장을 고수해 내 의도대로 아이들을 끌고 가려 하면 되는 일이 없습니다. 아이들 마음이 내 마음을 따라 오지 못하는 까닭입니다. 물의 흐름 같은 자연스러움은 사라지고 늘 삐거덕거릴 뿐입니다. 그럴 때는 철저히 아이들 마음이 되어야 합니다. 그래야 한문공부도, 예불도, 여러 체험 행사도 무리 없이 진행할 수 있습니다.

오랫동안 아이들과 지내다 보니 그들과 교감하는 일쯤 어렵지 않게 되었나 봅니다. 요즘 회자되는 '소통'이라는 말이나 얼마 전에 본 〈아바타〉라는 영화에 나오는 서로를 향한 접촉도 교감과 크게 다르지 않은 말일 것입니다.

나는 아이들에게 꿈을 심어 주는 특별한 교사가 되고자 합니다. 서정분교 아이들에게 놀이터이자 생태학습장, 학예발표회장 미황사를 선물하고 싶습니다.

아이들은 미황사가 있어서 항상 든든할 것입니다. 그리고 미황사는 아이들이 짓는 해맑은 웃음 덕분에 더욱 아름다운 사찰이 될 것입니다. 이것이 바로 공생입니다. 이것이 바로 소통입니다. 이것이 바로 참사랑이 아니고 무엇이겠습니까.

02

한 번 웃고 즉시 친해진 후로
서로서로 갈고 닦기 나날이 새로웠네.
어느 날 문득 구름 따라 가 버렸으니
자네 없는 이 봄, 내 가슴은 저리네.
부휴선사

미산

서울 상도선원 선원장 스님입니다. 1972년 백양사에서 출가했고 봉암사와 백양사 운문선원 등에서 간화선 수행을 했습니다. 인도와 미얀마에서 초기불교 선 수행을 했습니다. 동국대학교 불교대학 선학과 졸업 후 팔리어와 산스크리트어 문헌 연구로 인도 뿌나 대학교에서 석사 학위, 영국 옥스퍼드 대학교 동양학부에서 〈테라와다 불교의 찰나설 연구〉로 철학박사 학위를 받았습니다. 미국 하버드 대학교 세계종교연구소 선임연구원, 대한불교조계종 사회부장을 역임했습니다. 현재 중앙승가대학교 포교사회학과 교수로 재직 중입니다. 도심 사찰에 적합한 21세기형 사찰 운영 시스템과 수행 중심의 신행 생활 정립에 매진하고 있습니다.

이웃과 나누는 진짜 부적

입춘, 동지, 설, 대보름 등은 우리 민족문화의 중요한 세시풍속 행사입니다. 이 세시풍속을 불교가 끌어들여 새로운 의미를 부여했습니다. 입춘 때에 맞추어 기도 정진하고 수행할 수 있도록 법회와 연결시켜 입춘 법회를 하고 있습니다. 미풍양속을 소홀히 하지 않고 여기에 맞는 법회를 하는 것이지요.

그런데 자칫 잘못하면 이런 법회의 진정한 의미와 뜻이 왜곡될 수도 있습니다. 정법을 드러내지 못하고 삿된 방향으로 갈 수 있다는 말입니다. 그러므로 오늘은 입춘의 불교적 의미에 대해 말씀드리겠습니다. 또 삼재팔난을 막는 입춘대길 부적은 어떤 의미를 지니는지, 또 이것을 현실에서 어떻게 활용할 수 있는지를 이야기해 보겠습니다.

입춘하면 잘 알려진 것이 입춘부立春符입니다. 입춘대길立春大吉이나 건양다경建陽多慶이라는 문구를 써서 대문에 붙이는 입춘부가 가장 널리 알려져 있습니다. 입춘 법회가 끝나면 입춘 부적을 나누어 가집니다.

몇 년 전, 굴지의 강남 사찰에서 입춘부를 돈 받고 판매한다 하여 언론의 비판을 받은 적이 있습니다. 부처님의 정법을 세우려면 정견부터 세워서 수행하는 것이 중요합니다. 자칫 잘못하면 요행수를 조작하여 상업성으로 이끌 수가 있으니 말입니다. 이렇게 되면 불교의 본질에서 벗어날 가능성이 있습니다. 그러니 입춘부도 그 의미를 바로 알고 써야겠습니다.

얼마 전, 종무실에서 "상도선원에서도 부적을 주느냐?"는 문의 전화를 받았다고 합니다. 그래서 불자들에게 부적의 진정한 의미를 알려드려야겠다고 생각했습니다. 입춘 법회 때 드리는 입춘부는 가져가시되, 지금 전하는 이 말씀을 잘 듣는 것이 진짜 부적을 가질 수 있는 길입니다. 진짜 부적을 가지면 부자가 됩니다. 먼저 경전을 살펴볼까요?

비구들이여, 그러니 잘 배운 성스러운 제자는 육체적으로 괴로운 느낌을 겪더라도 근심하지 않고 상심하지 않고 슬퍼하지 않고 가슴을 치지 않고 울부짖지 않고 광란하지 않는다. 그는 오직 한 가지 느낌, 즉 육체적 느낌만을 경험할 뿐이며 결코 정신적인 느낌은 겪지 않는다.

《상윳따니까야》의 〈화살경〉의 일부입니다. 어떻게 두 번째 화살을 맞지 않고 살아갈 수 있는지에 대해 고구정녕하게 들려주신 부처님 말씀입니다. 삼재三災가 무엇입니까. 풍재, 화재, 수재, 이 세 가지를 대삼재라 합니다. 소삼재는 전쟁, 질병, 굶주림 이렇게 세 가지입니다. 지금은 거의 사라졌지만 옛날엔 먹을 것이 부족한 보릿고개가 있었고, 역병도 심했습니다. 연배가 좀 있는 분들은 다 경험해서 기억하시죠? 대신 지금은 신종플루 등의 질병이 창궐합니다. 이런 재앙은 왜 생길까요? 어떤 목사님 말대로 '악마의 저주'인가요?

불교의 입장에서 보면, 이 우주는 중생의 업에 의해 생겨났습니다. 인연이 다하면 파괴되고 공空으로 돌아갑니다. 생성, 존재, 파괴, 소멸 즉, 성주괴공成住壞空을 겪으며 우주가 변천한다고 여긴 것이 불교의 세계관입니다. 생성될 때보다 존속, 파괴될 때 삼재의 현상이 나타납니다. 자연법칙에 의해 파괴될 수도 있지만, 파괴의 주범은 바로 인간입니다.

그렇다면 왜 파괴가 시작될까요? 연구를 해 보니, 이러한 파괴 행위의 장본인은 인간이라고 합니다. 인간은 자연계의 모든 생명을 지배할 권한을 가지고 있다고 여기고 자연을 지배하는 게 당연하다고 생각했습니다. 그리스 철학에도 이와 비슷한 인간 중심의 사유 방식이 있습니다. 이런 사고가 근현대 과학 문명을 낳았고, 인간은 자연을 정복하고 파괴해 가며 새로운 문명을 이루었습니다. 그 결과 화석에너지의 남용으로 인한 지구온난화를 야기했습니다. 그러니 이를 극복하려면 에너지 절약을 생활화해야 합니다.

더 나아가 문제의 근본적 해결을 위해 사고의 틀을 바꿔야 합니다. 환경과 내가 둘이 아니라는 불이不二사상으로 살아야 삼재로부터 벗어나지, 부적을 걸어놓는다 하여 극복될 문제가 아닙니다.

지금은 입적하신 석주 큰스님이 '오유지족'이라는 부적을 써 주신 적이 있습니다. 오유지족이란 무슨 뜻입니까. 나 오吾, 오직 유唯, 알 지知, 족할 족足, 나 스스로 오직 만족함을 안다는 뜻입니다. 이 네 글자 모두 입 구口자가 들어가죠. 그래서 가운데에 입 구자를 하나 놓고 오, 유, 지, 족 네 글자가 좌우상하에 배치되게 써 주신 것입니다.

이것이 오늘 제가 드리는 첫 번째 부적입니다. 진짜 부자되는 부적입니다. 만족함을 알 때 그것이 부자 아닙니까. 그러면 돈도 벌지 말라는 얘기냐고요? 아닙니다. 노력해서 많이 벌되 모든 사람을 위해 쓰라는 것입니다. 가치 있게 쓸 생각을 하며 돈을 벌라는 것이지요. 잘 쓰는 사람이 진짜 부자입니다. 모든 분이 사랑하며 사는 데에 돈을 쓰는 것이 진짜 부자의 삶입니다.

제가 드리는 두 번째 부적은 행복해지는 부적입니다. 제가 자주 하는 이야기인데, 두 번째 화살을 맞지 말라는 말씀입니다. 첫 번째 화살은 어쩔 수 없이 맞는다 하더라도, 두 번째 화살은 그 화살로 인해 정신적 괴로움을 받는 것을 말합니다.

첫 번째 화살을 맞는다 해도 그대로 수용하면 됩니다. 싫어하여 거부하고, 좋아하여 집착하지 않고, 자유로워지려면 전적으로 받아들여야 합니다. 진정한 불교 수행은 전적인 수용으로부터 시작됩니다. 분별심이 발동하여 두 번째 화살을 맞게 되거나 맞을 만한 환경과 조건을 만들게 됩니다.

이 조건을 만들지 않기 위해서는 늘 깨어 있는 마음으로, 마음의 움직임을 관찰할 수 있어야 합니다. 일어나는 것을 그대로 보고, 그 세력이 멈출 수 있도록 알아차리는 것입니다. 일어나려 할 때 알아차리면 분노가 약해집니다. 간화선 수행을 하고도 수행 후 점검해 보니 화가 더 많이 난다고도 합니다. 그럼 해결책은 무엇일까요? 무의식에 잠재한 오염원을 흔들어 녹였으나 아직도 구석구석 남은 분심의 번뇌가 조건을 만나면 나오는 것입니다. 의식이 깊어지고 선명하게 보이는 겁니다. 생각을 명료하게 볼 수 있는 힘 즉 마음 챙김, 사띠sati가 극대화되는 겁니다. 그래서 화났을 때 볼 수 있는 힘도 강해지는 것입니다.

두 번째 화살을 쏘지 않고 고칠 수 있도록 유도하는 내용이 《디가니까야》에 있는 〈정신경淨信經〉에 나옵니다. 삶의 방해 요소가 제거될 수 있는 환경을 만들도록 지도하는 것이 부처님이 하시는 최상의 교육 방법입니다. 방해 요소를 직접 자꾸 건드리니 더 싸움이 되는 겁니다.

세 번째 화살은 무엇입니까? '수행했는데 왜 이러냐?'라고 스스로 트집을 잡는 마음입니다. 수행 후의 차이점은 부부싸움을 자주 하더라도, 냉전 시간이 짧아진다는 것입니다. 빨리 마음이 흘러가게, 좋고 싫은 감정이 오래 머물지 않게 하는 것입니다. 즉 '응무소주 이생기심應無所主 而生其心'이 되는 사람, 행위를 하고 나서 남는 것이 없는 사람, 이런 사람이 에너지가 꽉 차 있는 사람입니다.

마왕 파순이에게 틈을 주니까 삼재팔난이 들어오는 것입니다. 지금 드린 두 가지 부적 잊지 마세요. 행복해지기 위해 이웃과 진짜 부적 나누시고 길이길이 마음 환하시기 바랍니다.

03

함박꽃 미소 비춰 내

낯익은 자리

한송이 미소로 번지는

마음 덩어리

노불자명

목종

부산 대광명사 주지 스님입니다. 1988년 범어사에서 사미계, 1995년 통도사에서 구족계를 수지했습니다. 1995년 금강영관 연수원 6기로 수료한 스님은 2004년까지 강원도 삼척 영은사 삼성암에서 정진했습니다. 2005년부터 범어사 해운대포교당 반야원 주지를 맡아 도심 포교 일선에 나선 스님은 지난해 4월 부산 대광명사를 개원했습니다. 2007년부터 부산불교방송에서 〈목종스님의 월요법문〉 진행을 해 오고 있습니다. 현재 부산 지역 생명나눔실천 부본부장, 부산 백병원 뇌사자판정위원, 해운대경찰서 경승, 여래사 불교대학 학장 등을 맡고 있습니다.

비춤의 작용

불자들은 윤회를 다 알고 있습니다. 그러나 과연 깊이 윤회를 믿는지, 정확한 지혜와 지식을 갖고 있는지 점검해 봐야 합니다. 만약에 우리가 윤회를 확실하게 믿는다면 부처님의 가르침에 마음을 열고 그 가르침대로 살아갈 것입니다. 우리의 삶은 끊임없이 나아갑니다. 우리가 살아야겠다고 이렇게 계획하고 실천하기 이전에 삶이라는 형태가 이어집니다. 마치 고지대에 있는 물이 계곡과 강을 따라 바다에 이르러 멈추려고 해도 멈추지 못하고 끊임없이 흐르는 것과 같습니다.

여러분은 그 원인이 어디에 있다고 생각하십니까. 물이 흐르는 원인은 중력입니다. 우리가 삶을 멈추지 못하고 살아가는 이유는 진리의 근원적인 모습, 일심이라는 진리에 있습니다. 이 진리가 작용하는 원인은 우리가 지금보다 더 나은 사랑을 추구하기 때문입니다. 진리의 작용을 다시 말하면 '비춤의 작용' 입니다. 끊임없이 우리들의 마음을 비추는 것을 말합니다.

사랑을 찾는 것을 욕망이라고 생각할 수 있습니다. 하지만 사랑을 찾아 나아가는 것 자체가 욕망은 아닙니다. 사랑을 얻으려고 무엇인가를 갈망하는 것이 욕망입니다. 왜 대상을 갈구할까요? 그것을 통해 행복해지고 싶어서입니다. 그렇게 하면 내가 행복할 것이라고 생각합니다. 일심이라고 하고, 진여라고 하며, 불성이라고 하는 우리의 본래 성품이 끊임없이 비추기 때문에 여러분이 원하는 대상을 알게 되고, 그것을 가지면 행복할 것이라고 착각하게 됩니다. 비추는 이유가 바로 욕망의 허상을 바르게 알고, 그 대상들이 내가 원하는 행복을 주지 못한다는 것을 알게 하기 위함인데도 말입니다.

윤회란 무엇일까요? 윤회는 존재합니다. 윤회를 인정하지 못한다는 것은 육신의 삶이 나의 전부라고 인정한다는 말입니다. 자동차를 예로 들어보겠습니다. 움직이던 차가 멈춰 섰다면 엔진이나 일부 기능의 고장일 수도 있고, 기사가 시동을 끄고 키를 뺏을 수도 있습니다. 우리의 육신은 자동차에 불과합니다. 기사는 바로 내 영혼입니다. 그렇다면 육신은 죽지만 영혼은 죽지 않는 것이라고 볼 수 있습니다. 따로 있다는 겁니다. 따로 있기 때문에 영혼의 삶이 존재하고, 그 영혼이 다음 생에 자신에게 필요한 육신을 갖는 것입니다. 헌 차를 폐차시키고 새 차를 사는 것. 이것이 윤회의 모습입니다.

그런데 왜 이것은 자세히 알기 어려울까요? 그것은 우리가 갖고 있는 지혜의 수준이나 능력이 윤회의 너머까지 알 수 없기 때문입니다. 그래서 여러분은 귀신이나 죽음의 세계를 알 수 없습니다. 그렇다고 능력이 없는 것은 아닙니다. 능력을 쓰지 않고 있는 것입니다. 왜 안 쓰느냐, 여러분이 그 고귀한 능력을 돈 더 버는 데, 내가 원하는 욕망과 집착의 대상을 얻는 데 쓰기 때문입니다.

얼마 전 김길태라는 사람이 우리나라를 떠들썩하게 만들었습니다. 그에 대해 언급하는 언론의 보도를 보면 그의 어린 시절이 불우했고 상처를 받아 그렇게 성장했다, 사회의 공동 책임이라고 합니다. 과연 그럴까요? 어린 시절을 불우하게 보낸 사람들은 모두 흉악

무도한 살인마가 될까요? 아닙니다. 그렇다면 우리들의 성격은 왜 다를까요? 바로 과거 전생, 이생을 받기 이전 자신의 삶 때문입니다. 우리는 그것을 업이라고 합니다. 인간의 삶을 살았든, 축생의 삶을 살았든 이생 이전의 삶이 있었기 때문에 그 생각의 연장선상에서 이생의 삶을 살고 있는 겁니다. 이것이 바로 윤회입니다. 부처님은 이 사실을 우리에게 설명해 주신 것입니다.

자, 그렇다면 윤회는 왜 우리에게 주어졌을까요? 한번만 살면 되는데 왜 다음 생을 걱정하는 것일까요? 윤회는 결국 본인이 만든 것입니다. 지금 여러분의 모습은 과거부터 현재까지 끊임없이 변화해서 만들어진 결과입니다. 여러분이 삶을 만들어가는 기준은 어디에 있습니까. 바로 여러분의 마음에 있습니다. 우리의 마음이 스스로 행복을 얻기 위해 꼭 필요하다고 여겨지는 것을 판단하고 선택하고 실천하는 것입니다.

세상을 조금 다르게 볼 필요가 있습니다. 과거가 존재 하나요? 미래가 존재 하나요? 존재하지 않습니다. 이 순간만이 존재합니다. 순간 외에 과거가 따로 존재한다면 내가 여러 명 있는 것인가요? 10년 전의 나, 어제의 내가 모두 다른 존재인가요? 단지 과거와 미래는 여러분이 갖고 있는 정보입니다. 제가 여러분을 보는 순간, 이미 여러분은 그 모습이 아닙니다. 벌써 바뀌었습니다. 과거, 현재, 미래의 모든 모습은 바로 여러분의 마음속에서 일어나는 현상입니다. 마음에 각인된 흔적에 불과합니다.

우리 삶의 모습은 비춤의 작용이라고 했습니다. 목적은 사랑과 행복을 찾는 것입니다. 그런데 우리의 현실은 욕망과 집착을 통해 사랑과 행복을 얻으려고 합니다. 이럴 때 진여 자리에서는 비춤의 작용을 통해 그 욕망과 집착이 네가 원하는 행복을 주지 못한다는 것을 알아차리고, 진리로 돌아오라고 합니다. 그런데 우리는 거꾸로 생각합니다. 업의 눈으로 보고 그것을 가져오려고 합니다.

여러분은 악행을 하면 지옥에 가고, 선행을 하면 극락에 간다고 생각합니까? 그런데 극락에 가지 못합니다. 여러분이 원하는 극락은 바로 인간세계에 있기 때문입니다. 여러분이 원하는 물질적인 욕망, 명예, 사랑하는 사람, 음식은 인간세계에서 내가 보다 더 풍족한 삶을 바라는 것일 뿐입니다.

극락에 가려면 극락세계에 갈 만한 마음가짐을 가져야 합니다. 선행을 하면 부처님이 수고했다며 복을 주는 게 아닙니다. 또 악행을 해서 고통이 오는 것은 염라대왕이 심판한 결과가 아닙니다. 이유는 바로 자성의 힘 때문입니다. 선행을 하게 되면 내 자성으로 더 가까이 가게 됩니다. 즉, 보다 나은 행복을 얻을 수 있는 길로 가는 것입니다. 그래서 스스로 끊임없이 내 자신의 미래를 사랑과 행복으로 만들어 놓습니다.

지금 당장 선행이 다소 불편함을 만들지라도 미래에는 행복을 가져다줍니다. 왜냐하면 선행은 욕망과 집착을 버려야만 가능하기 때문입니다. 완전히 버리지 못하더라도 버린 만큼 선행을 할 수 있고 그만큼 자성으로 되돌아가며 그만큼 사랑과 행복을 얻는 것입니다. 악행만큼 자성으로부터 멀어지며 그만큼 자신이 본래 원한 행복으로부터 멀어지며 결국 고통을 얻게 되는 것입니다.

여러분의 마음, 부처님의 마음, 삼라만상의 마음이 모두 하나입니다. 끊임없이 비추고 있습니다. 내가 이생에서 행했던 일들이 과연 얼마나 근원인 자성으로 가까이 갔는지 판단하는 것입니다. 그런데 그것은 일일이 경험해야만 아는 것이 아닙니다. 꿈속에서 일어나는 모든 현상마다 이것은 꿈이라고 확인하기에는 시간이 너무 많이 걸립니다. 그러한 꿈을 깨는 방법이 수행이고 깨달음입니다. 그 방법은 부처님의 법문에 모두 설해져 있습니다.

여러분은 손해나는 일에 투자하지 않습니다. 집착하고 욕망으로 악행을 하고, 다른 이에게 고통을 주는 행위가 스스로 고통의 나락으로 가고 있다는 모습을 알아야 합니다. 지금 당장 모든 욕망을 버리기는 힘듭니다. 하지만 가장 간단하게 실천할 수 있는 것부터 해 보는 것입니다. 쓰다 남은 것, 버리려고 하던 것을 누군가 필요한 이웃에게 주는 것입니다. 더 나아가 자신이 지금 행하는 행위가 내 마음의 업식의 환영임을 일깨워 주는 것입니다.

진정한 행복을 얻고 싶으면 지금부터라도 실천해야 합니다. 오늘 여러분의 마음 창고에서 이제껏 필요 없다고 버린 진짜 모습을 찾아 꺼내십시오. 그리고 그 보석으로 여러분의 삶을 비춰 보시기 바랍니다.

04

찾으면 미로요
놓으면 길이다
버리려고 찾는가.
찾으려고 버리는가
찾고 버리는 것이 아니라네
그냥 그대로 두면 될 것을.

범수

범수

장마철에 고무신만 툇마루 끝에 거꾸로 뒤집어 놓아도 아무런 걱정이 없을 만큼 단출한 살림살이의 비구 스님입니다. 현재 웹진 〈월간 좋은인연〉과 북 클럽을 운영 중입니다.

스님의 사랑 방정식

핸드드립 방식으로 커피 원두를 간 가루를 드리퍼에 붓고 물을 내리면, 맑은 거품이 방울방울 터지면서 진한 향기를 뿜어냅니다. 그리고 드립포트에 커피 액이 한 방울씩 맺혀 떨어지는 것을 볼 때가 커피를 직접 뽑아 마시는 즐거움 중 하나입니다. 거기에다 파블로 테사라사테나 카미유 생상스의 음악을 곁들인다면 분명 호사豪奢일 것입니다. 그렇게 잠깐 동안 오후의 가을 햇살과 함께 분에 넘치는 혼자만의 즐거움에 푹 빠져 있을 때 전화벨이 울렸습니다.

원고청탁이었습니다. 특별히 잘하는 것이 없는 것이 특기인데, 원고청탁이라…. 그것도 주제가 '사랑'이라고 합니다. 짧지만 책임이 뒤따르는 통화를 한 뒤, 잠깐 동안 숨겨 놓았던 보물 상자를 꺼내 그 속을 확인하듯 사랑과 관련 있을 만한 기억을 더듬어 봤습니다. 상자 안의 구슬을 하나씩 살피듯 이리저리 추억을 떠올려 보았지만 딱히 손에 잡히는 구슬을 집기 어려웠습니다. 속으로 "그게 그것이었을까." 하는 반문만 하면서 말입니다.

출가해서 처음 접하는 불교 전적이 세 분 스님이 쓴 글을 한 권으로 묶어 만든 〈초발심자경문初發心自警文〉입니다. 그 가운데 보조국사 지눌 스님의 〈계초심학입문誡初心學人文〉에 '재물과 이성과의 사랑은 독사의 독보다 더 위험하니 조심하라.' 하였으며, 원효 성사의 〈발심수행장發心修行章〉에는 '모름지기 수행자는 애정을 품지 않아야 하고, 세속을 그리워하지 말아야 한다.' 라고 했습니다. 야운 스님의 〈자경문自警文〉에서는 '몸을 망치는 것에는 애욕보다 심한 것이 없으며, 구도심을 망각하는 것에는 재물보다 더한 것이 없다.' 며 여타의 스님들과 마찬가지로 이성과의 사랑에 대해 각별히 경계하는 말씀을 남기고 있습니다. 어디 그 뿐인가요. '만약 수행자가 이성과 사랑에 빠진다면, 그것은 마치 세속 법에서 사형에 처하는 중죄처럼 부처님 법에서도 중죄이다.' 라며, 자비문중에서 '목을 자르는 것과 같다.' 는 섬뜩한 표현까지 쓰고 있습니다.

사정이 이러한데 감불생심 사랑에 대해서 몰래 꿈이라도 꿀 수 있겠습니까. 설사 알아도 몰라야 하고 모르면 더더욱 관심을 끊어야 하는 것이 수행자의 입장인데, 사랑에 대한 견해를 말해 달라니 난감해질 수밖에요. 도대체 해 봤어야 알지 싶습니다. 주위 분에게 이 이야기를 했더니 다들 웃습니다. 그것도 실실 웃습니다. 그 모양새를 보아하니 자기들은 사랑에 대해서 뭔가 알기는 아는 눈치 같습니다. 그런데 상대가 스님이라서 그런지 차마 대 놓고 말은 못하고 대신 다른 말로 피해 갑니다.

"스님 사랑에도 종류가 있습니다. 에로스와 아가페적인 사랑으로 나눌 수 있는데, 아마 아가페적인 사랑을 이야기하지 않았을까요."

이 이야기를 듣는 순간 속으로 뿐만 아니라 겉으로도 소리 내어 웃었습니다.

사랑을 나누더라도 그것을 드러내 놓고 말하는 것을 부끄러워하는 게 일반적인 모습인가 봅니다. 그런데 특이한 것은 사랑이라는 말에 대한 반응입니다. 남성은 대체로 그냥 미소만 짓고, 여성은 얼굴 붉히면서도 조리에 맞지 않는 말을 많이 하는 것을 보면, 마치 사랑이 여성 전용물 같다는 생각마저 듭니다. 한쪽에서만 하는 사랑은 아닐 텐데 반응은 대조적입니다.

영화 〈셰익스피어 인 러브〉의 줄거리에서 보면, 젊은 윌리엄 셰익스피어는 촉망받는 극작가로서 대중의 기대를 한 몸에 받지만, 정작 자신은 극심한 슬럼프에 빠져 고민합니다. 그러다 점성가로부터 '사랑만이 천재성을 되살릴 것'이라는 점괘를 받고 새로운 사랑을 찾는다는 내용으로 이루어져 있습니다. 이 영화의 각본가는 "작가 자신이 실제로 애타는 사랑에 빠져 본 경험 없었다면, 창조되기 어려운 작품이었을 것이다."라고 했습니다.

대부분의 사람들은 비록 비극적인 사랑이라서 슬프지만 가슴 떨리는 애틋한 사랑을 한 번만 해 봤으면 하는 바람을 가질 것 같습니다. 그것은 어렵고 힘들수록 고귀하고 아름다운 사랑이라는 신념을 가진 사람에게는 더더욱 그럴 것입니다. 그래서인지 《가시나무새》 같은 책이 많이 읽히고 사랑과 관련된 노래가 많이 불리는 것 같습니다. 심지어 어느 가수의 노래 제목은 아예 '총 맞은 것처럼'입니다.

스님에게는 이런 감동적인 문학작품이나 예술작품보다는 아난 스님을 짝사랑한 마등가 여인의 이야기와 한 여름 밤의 꿈 같은 사랑이야기인 〈조신의 꿈〉 이야기가 더 현실감 있게 다가옵니다. 전자는 수행자를 사랑한 여인의 이야기이고 후자는 여인을 사랑한 수행자의 이야기입니다.

먼저 〈마등가경摩登伽經〉은 아난 스님을 유혹한 마등가의 딸 발길제에 얽힌 이야기입니다. 이른 아침 걸식을 하며 걷고 있는 아난 스님을 본 발길제는 당당하고 의젓한 스님의 용모와 음성에 반해 속으로 남편으로 삼고자 하는 마음을 일으켰습니다. 그래서 어머니에게 자신의 뜻을 털어놓으며 도움을 청하자 처음엔 반대하더니 상사병으로 시름시름 앓는 딸을 보고 마음을 바꿉니다.

결국 모녀가 손발을 맞춰 스님의 자비심을 이용해 자기 집에 감금할 계획을 세웠습니다. 이 일이 성공하자 발길제는 기쁜 마음에 들떠 곱게 치장하고서 자신의 소원을 들어 줄 것을 스님에게 간절히 애원했습니다. 그러나 그녀는 뜻을 이루지 못했습니다. 그사이 아난 스님은 다른 스님의 도움으로 그곳을 빠져 나와 부처님 계신 곳으로 무사히 되돌아왔습니다.

스님을 연모하던 그녀는 부끄러움도 잊은 채 스님의 뒤를 따라 부처님 계신 곳까지 갔습니다. 이때 부처님께서는 그간의 사정을 다 아시면서도 짐짓 여인에게 "아난의 어디가 좋으냐."고 물었습니다. 그러자 여인은 망설임 없이 "스님의 눈, 코, 입, 목소리, 몸매, 걸음걸이 등 어디 한 곳도 좋지 않은 곳이 없습니다."며 순순히 사랑에 빠진 것을 고백했습니다. 이에 부처님께서는 "사람의 몸이란 눈에는 눈물, 코에는 콧물, 입에는 침, 귀에는 귀 딱지, 몸뚱이에는 대, 소변이 담겨 있는 한때의 가죽 주머니에 불과하다."며 여러 비유를 들어가며 무상의 가르침을 펴셨습니다. 부처님의 가르침을 듣던 발길제는 문득 미혹한 마음이 밝아져 그 길로 출가했습니다.

〈삼국유사三國遺事〉에 일장춘몽一場春夢 같은 조신調信의 꿈 이야기가 있습니다. 강원도 명주 땅에 서라벌 세달사의 장사(莊舍 사찰에 딸린 농장)가 있었는데, 그곳 관리인 조신 스님은 약관을 갓 넘긴 상태였습니다. 어느 날 낙산사 관세음보살님 앞에 나아가 기도하던 중 그곳 태수의 딸을 처음 보고서 그만 숨이 막히고 정신이 아득해졌습니다. 마음을 가다듬어 다시 염불 정진을 하려 해도 가슴만 뛸 뿐 마음의 평정을 찾을 수 없었습니다. 오히려 먼발치에서나마 낭자를 몰래 훔쳐보는 것이 더 큰 즐거움이 되었습니다. 그러는 사이 시간이 흘러 낭자는 기도를 마치고 떠났습니다. 그날 이후로 침식을 잊을 만큼 사모의 정에 빠진 조신은 관세음보살에게 낭자와 혼인할 수 있도록 남몰래 간곡히 빌었습니다.

"관세음보살님 출가한 신분으로 욕심을 냈으므로 다음 생에 축생으로 태어나더라도 금생에 꼭 태수의 딸과 연분을 맺고 싶습니다. 소원을 이루게 해 주옵소서. 나무 관세음보살, 관세음보살….”

그렇게 애태우며 기도하는 가운데 무심한 세월만 흔적 없이 흘러갔습니다. 그러던 어느 날 낭자가 혼인을 약속한 한 청년과 함께 낙산사 부처님께 참배하러 온 것을 본 순간 회색빛 승복을 잊어버릴 만큼 가슴이 터질 것 같았습니다. 조신은 그날 해가 저물도록 관세음보살 앞에서 “단 하루만이라도 좋으니 낭자와 좋은 인연을 맺어 달라.”며 간절히 발원하면서 한편으로 자신의 소원을 들어주지 않은 관세음보살을 원망하고 또 다른 한편으로는 낭자를 그리워하다 그만 지쳐 깜빡 잠이 들었습니다. 그러다가 문득 인기척을 느껴 주위를 둘러보니 언제 왔는지 애타게 그리던 낭자가 바로 옆에 다소곳이 앉아 있었습니다.

조신은 자신의 눈을 의심했습니다. 낭자는 “스님. 기도에 방해가 될 줄 아오나 스님을 얼핏 뵙고 나서부터 마음속으로 사랑하며 잠시도 잊은 적이 없습니다. 부모님의 명을 거역할 수 없어 다른 사람을 따랐지만 지금은 죽어서도 스님과 한 무덤에 묻힐 각오로 이렇게 왔습니다.”라고 했습니다. 이 말은 들은 조신은 “사모思慕의 정으로 말한다면 저도 다를 바 없습니다.”면서 속으로 연신 관세음보살님께 “감사합니다. 정말 감사합니다. 제 소원을 이렇게 들어주

셔서….”를 되뇌며 낭자의 손을 이끌고 다른 사람의 눈을 피해 산길로 바쁘게 걸음을 옮겼습니다.

부부의 금슬이 좋아 자녀 다섯을 두었으나, 세간살이는 곤궁하기 짝이 없어 나물죽으로도 끼니를 잇기 어려운 형편이었습니다. 그래서 두 사람은 뒤에서 잡고 앞에서 끌듯이 사방으로 동냥을 다녔습니다. 그렇게 유랑생활을 하다 보니 옷은 헤지고 닳아서 몸뚱이조차 가리기 어려운 몰골이 되었습니다.

명주의 해현령이라는 고개를 넘다가 열다섯 살 된 큰 아이가 굶어 죽자 부부는 서로를 끌어안고 통곡하며 자식을 길가에 묻었습니다. 그리고는 남은 네 자녀를 거느리고 우곡현이라는 곳에 이르러 띠풀로 엮은 집에서 살았습니다. 부부가 병들어 늙고 굶주리기까지 하자, 열 살짜리 딸아이가 밥을 얻으러 이 고을 저 마을로 다녔습니다. 그러다 그만 개에 물려 부모 앞에 누워서 고통을 호소하니 부부도 목이 메어 흐느끼며 눈물만 줄줄 흘렸습니다.

부인이 괴로워하다 눈물을 훔치고 나서 잠시 머뭇거린 뒤 말하기를, “제가 처음 당신과 만났을 때는 얼굴도 곱고 나이도 젊었으며, 의복도 깨끗했습니다. 맛있는 음식이 한 가지라도 생기면 당신과 나눠 먹었고, 천이 생기면 당신과 나누어 옷을 지어 입으면서 뭐

든지 함께했습니다. 그러는 동안 정은 더할 수 없이 두터워졌고, 사랑은 깊어졌으니 참으로 지중한 인연이라 하겠습니다. 그러나 근래에 들어 몸이 쇠약해져 날이 갈수록 병은 깊어지고 굶주림과 추위는 해가 갈수록 더욱 심합니다. 그리고 처마살이나 한 잔의 마실 물도 구하기 어려우니, 수많은 집 문 앞에서 당하는 수모를 이제는 견디기 힘듭니다. 아이들이 추위에 떨고 굶주려도 돌봐 주지 못하는데, 어느 틈에 부부간의 정을 생각할 여유가 있겠습니까. 젊은 얼굴에 고운 웃음은 풀잎 위의 아침이슬 같고, 지란 같은 백년가약은 바람 앞의 촛불 같습니다. 당신은 제가 있어서 더 짐이 되고, 저는 당신이 있어 더욱 근심이 됩니다. 옛날의 즐거움을 곰곰이 생각해 보니, 그것은 다름 아닌 우환으로 접어드는 지름길이었습니다. 당신과 제가 어찌해서 이런 지경에까지 이르렀는지 모르겠지만, 여러 마리의 새가 함께 굶어 죽는 것은, 짝 잃은 새가 혼자 우는 것보다 못한 일인 것 같습니다. 어려울 때 버리고, 좋을 때 가까이하는 것은 인정상 차마 할 도리는 아니지만, 그렇게 하고 안 하고는 원하는 대로 다 되는 것이 아니며, 헤어지고 만나는 것도 모두 인연에 달렸으니, 지금부터 헤어지기로 합시다."라고 했습니다.

이 말을 들은 조신은 슬펐지만, 순순히 아내의 말에 따르기로 했습니다. 각각 아이 둘씩 데리고 이별의 눈물을 떨구며 잡았던 손을 놓는 순간 조신은 꿈에서 깼습니다. 그때까지 불단에는 켜 놓았던 촛불이 꺼질 듯 말 듯 가물거리고 있었습니다. 다음 날 아침이 되어서 보니 하룻밤 사이에 수염과 머리털은 하얗게 셌고, 세상살이의 고단함과 쓰라림은 마치 백년을 겪은 것 같았습니다. 그로 인해 불꽃같은 세상에 대한 미련이 없어졌으며, 집착하던 마음도 얼음 녹듯 깨끗이 사라졌습니다.

두 이야기에서 보듯 사정이 이러한데 수행자가 굳이 사랑하는 마음을 내려고 하겠습니까. 하긴 여우 같으면 그럴 지도 모르겠습니다. 예로부터 사랑을 달콤함에 비유하지 않았습니까. 여우를 잡을 때 그런 달콤한 꿀을 이용한다고 하는데, 그것은 여우가 꿀을 매우 좋아하기 때문입니다. 독약을 넣은 먹이에 꿀을 발라서 길목에다 두면, 냄새에 이끌려 여우가 나타나나 금세 그 속에 독이 든 것을 알고서 그냥 되돌아간다고 합니다. 그러다가 저만치 가서는 미련이 남았는지 돌아 서서 고민하기를 "에이, 쳐다만 볼 뿐인데 괜찮겠지." 그러다 되돌아와서는 "냄새만 맡으면 안전하겠지." 하며 코를 킁킁거리다 "맛만 보는데 죽기야 하겠는가."라고 생각합니다. 그러다가 살짝 꿀을 핥아먹고서는 그만 달콤함에 정신이 혼미해져

"에라이, 모르겠다. 죽을 때 죽더라도 일단 먹고 보자." 한답니다.

생활의 특성상 간접체험이 많은 수행자가 여우가 간 길을 따르려고 할 때 딱 어울릴 것은 직언은 "바닷물을 다 마셔봐야 짠 줄 아나?"입니다.

이번 기회에 '나에게도 사랑이 있었을까.' 하는 정리 차원에서 개인사를 더듬어 봤습니다. 설사 있다고 하더라도 사실대로 말하기 곤란하겠지만, 혼자 미소 짓거나 지그시 눈 감을 만한 그런 사랑의 종자를 찾기 어려웠습니다. 이 점을 수행자로서 자긍심을 가져야 할까요, 아니면 누군가의 말처럼 사랑도 한 번 못해 본 재미없는 삶으로 치부해야 할까요?

성경에서 사랑을 이야기하듯 다른 종교에서도 사랑을 말하지만 그렇다고 직접적으로 사랑이라고 표현하지 않습니다. 유교에서는 사랑을 인仁이라고 하고 불교에선 자비慈悲라고 합니다. 그러므로 불교에서 사랑을 터부시하는 것이 아니라, 오히려 그 실체에 대한 본질적인 탐구를 합니다. 즉 문제를 회피하기보다는 본질을 파악하면 자유로워질 수 있기 때문입니다.

일반적인 의미에서 사랑이란 어떤 대상에 탐하고 사모해서 집착하는 것이지만 그 본질은 믿음이라고 합니다. 또한 사랑은 증오를 낳는데, 비유하면 사랑과 증오는 손바닥과 손등 같아서 하나이며, 사랑이 깊으면 깊을수록 증오와 원망 또한 깊어진다고 했습니다.

〈법구경〉에 보면 "사랑은 근심을 낳고 두려움을 일으킨다. 만약 사랑을 떠나면 근심과 두려움 역시 사라진다." 했습니다. 실제로 연인의 관계가 아니더라도 대인관계에서 누군가를 좋은 감정으로 대해봤다면, 사랑하면 왜 근심과 두려움이 생기는지 굳이 설명하지 않아도 알 것 같습니다.

다양한 사랑에 대해 살펴보면 먼저 '애愛'란 혈연 친족관계에서 느끼는 정이고自己有親族血緣關係之情愛, 친애親愛란, 타인과의 우정이며 욕락欲樂은 특정 인물에 대한 애정입니다. 그리고 애욕愛欲은 연인 관계이며 갈애渴愛란 대상에 대한 강렬한 집착입니다.

한편 〈대비파사론大毘婆沙論〉에서는, 사랑을 두 가지로 나누어 색깔 있는 사랑은 탐貪이라 하고, 투명한 것은 믿음信이라 했습니다.

그렇다면 수행자의 사랑 방식인 자비慈悲란 무엇일까요? 먼저 자慈란 중생을 자애롭게 여겨 평화롭게 해 주는 것이고, 비悲란 중생이 받는 고통을 통감해서 연민하여 그 고통으로부터 벗어나게 도움을 주는 것입니다. 이것이 스님의 사랑 방정식이라면 비록 많지는 않지만 적게라도 해 봤습니다.

언젠가 밤늦게 시외버스를 탔습니다. 피곤한 몸을 의자 깊숙이 기대고 있는데 앞 좌석에서 어린아이의 떠드는 소리가 났습니다. 좁은 공간이라서 그런지 귀에 거슬릴 정도였지만 재미있게 이야기를 주고받는 모습이 그저 예쁘기만 했습니다. 그러는 사이 버스는 승객을 내리고 또, 태운 뒤 중간 경유지를 떠나 목적지로 향해 달렸고 앞좌석은 조용해졌습니다.

그렇게 한참 지난 뒤 이번에는 앞 좌석에서 아이의 흐느끼는 울음소리가 들려왔습니다. 속으로 '왜 그럴까.' 하면서 그치지 않는 울음소리가 궁금해 상체를 바로 세운 뒤, 앉은 자세에서 머리만 앞으로 내밀어 내려다봤습니다.

그때 마치 큰 의자 위에 작은 가방 하나 놓여 있는 것처럼 아주 어린 남자아이가 혼자서 울고 있었습니다. 얼른 보기에 대여섯 살 정도 되었을까. 혼자 우는 아이가 너무 안쓰러워 머리를 쓰다듬으며 최대한 부드러운 목소리로 "아가야 울지 마라, 응, 왜 우니. 착하게 생겼네." 하며 나름대로 진정시켜 보려고 노력했습니다. 그러자 울먹이던 소리가 오히려 더 커졌습니다. 마치 자다가 일어난 뒤 혼자라는 사실을 알고 울다가 엄마가 나타나면, 더 서럽게 우는 것처럼 말입니다.

'어린아이가 늦은 시간 어디로 가는지도 모르는 컴컴한 버스 안에서 아무도 아는 사람이 없을 때 두려움에 떨며 느낄 고통이 얼마나 극심할까.' 라고 생각하며, 잠깐 아무 말 없이 속으로 아이가 진정되길 기도했습니다. 그렇게 시간이 흐르는 사이, 버스 안의 모든 이목이 저에게 집중되는 것을 느낄 수 있었습니다. 버스 기사도 룸미러로 힐끔거리며 필자를 쳐다보았지만 아무도 아이를 적극적으로 달래려고 하지 않았습니다.

그런 시선을 뒤로 한 채 아이에게 말을 걸었습니다. 아이는 여전히 울먹이는 목소리로 무엇인가 말했지만 도대체 알아들을 수 없었습니다. 그러던 중 아이의 좌석 아래에 떨어진 휴대전화기가 보였습니다. 얼른 주워서 아이에게 "이거 네 것이니?" 하자 고개를 끄덕였습니다. "누군가와 연락이 되겠지" 하는 마음으로 마지막 통화자에게 전화를 걸려고 휴대전화 폴더를 여는 순간, 액정화면에 '관세음보살'이라는 글귀가 입력되어 있었습니다.

그 찰라 사시불공(매일 오전 부처님께 공양을 올리는 의식)때 하는 청사請詞의 한 구절이 떠올랐습니다.

중생을 구제할 때 양식이 되어 주시고, 병들은 이에게는 훌륭한 의사가 되어 주시며, 길을 잃은 자에겐 길을 보여 주시고, 어두운 밤중에는 밝은 횃불 되시며, 빈궁한 자에겐 복을 베풀어 주시는 등의 모습으로, 일체중생을 고루고루 평등하게 자비로써 보살피시는 부처님….

특히 '길을 잃은 자에겐 길을 보여 주시고'라는 문구가 뇌리를 스쳤는데, 다행히 누군가와 연결이 되었습니다. 저는 "아이와 같은 버스를 탄 승객인데, 아이가 울어서 전화를 걸었습니다."고 하며 전화기를 아이에게 줬습니다. 아이가 누군가와 긴 통화를 했습니다. 한시름 놓았습니다.

그러는 사이 버스가 목적지에 이르러 아이를 데리고 내렸는데, 한 할머니를 보자 "할머니" 하고 뛰어갔습니다. 아이를 기다리던 할머니는 아이가 저와 함께 있는 것을 보고는 처음에 약간 놀라는 기색이었지만, 금세 상황을 알아차리고 다가와 "스님 고맙습니다." 하며 인사했습니다. 웃으며 아이의 머리를 한 번 더 쓰다듬는 것으로 긴 인사를 대신했습니다.

발길을 돌리며 '우리는 지금 길을 잃고도 잃은 줄 모르며 헤매는 것은 아닐까. 가는 길이 힘들고 아플 때 서로에게 믿음과 의지가 되는 도반은 있을까. 외롭고 어려울 때 따뜻한 마음과 부드러운 말로 지친 몸을 쉴 곳은 있을까. 부처님의 자비는 어느 곳, 어느 때나 항상 충만하지만, 스스로 받아들이지 못하고 실천하지 못하는 것은 아닐까. 교만과 아집으로 헛되이 시간을 버리고 있는 것은 아닐까.' 자문하며 지난 시간을 떠올려 봤던 기억이 납니다. 이것이 사랑이라고 말해도 되는지 모르겠습니다. 출가의 사랑은 자비이기 때문입니다.

출가한 수행자의 입장에선 깨달음이 최우선이지만 타인에 대한 사랑이 곧 자신에 대한 사랑이며, 자신에 대한 관심이 곧 타인에 대한 배려인 줄 잘 압니다. 그리고 이것이 스님의 사랑관이며, 사랑하는 방식입니다.

05

연못가에 홀로 앉았네.

물 밑 한 사내와 서로 만났네.

둘이 보며 말없이 미소 짓는 건

그 마음과 이 마음이 서로 되비치기 때문이지.

진각혜심

법상

영월 운학사 주지 스님입니다. 동국대학교와 동 대학원에서 불교를 공부했으며 조계종 원로의원 불심도문 큰스님을 은사로 출가했습니다. 조계종 포교사이트 〈달마넷〉을 비롯하여 〈한국일보〉 〈법보신문〉 〈월간 불광〉 등에 글을 연재했으며, 2005년에는 〈한국문인〉에서 신인 문학상을 받아 등단했습니다. 인연 닿는 도량에 여행하듯 머물며 수행과 전법에 매진하고 있으며 인터넷 생활수행도량 〈목탁소리〉와 다음 카페 〈목탁소리 지대방〉의 지도법사로 생활 속에서 마음을 닦고자 하는 많은 이들의 수행을 이끌어 가고 있습니다.

두려움 없는 사랑

두려워하지 마세요. 진실은, 두려워할 것은 없다는 것입니다. 두려워할 것은 세상 어디에도 없습니다. 다만 우리 스스로 두려움을 만들어 낼뿐! 이 우주 근원인 에너지는 언제나 사랑이요, 무한한 자비입니다. 실체라는 말 자체를 그다지 좋아하지 않지만 그 말을 써야 한다면, 우리가 유일하게 쓸 수 있는 것은 자비와 사랑이라는 말뿐일 것입니다. 자비와 사랑이야말로 이 우주의, 우리라는 존재의 근원적 실체입니다!

나라는 존재의 근원을 이루는 에너지 파장은 오직 사랑이요, 자비일 뿐입니다. 그 어떤 존재도, 그 어떤 신도, 그 어떤 염라대왕이거나, 그 어떤 진리의 다르마도, 당신을 두려움에 떨게 할 수는 없습니다.

그들은, 그분들은, 성스러운 붓다며 신은, 우리 나약한 인간들을 시험에 들게 하지 않습니다. 인간에게 벌을 주기 위해 온갖 지옥을 만들어 내거나, 온갖 고통을 만들어 내거나, 인간을 단죄하기 위한 온갖 다양한 틀을 만들어 내지 않았습니다. 인간이 두려움에 떨어야 할 그 어떤 장치도 만들어 내지 않았습니다.

인간답지 못한 인간, 도덕적이지 못한 인간, 신을 믿지 못하는 인간, 계율을 지키지 못하는 인간, 온갖 악행을 일삼는 인간, 성적으로 타락한 인간, 그 어떤 최악의 인간들을 처단하고 벌주기 위해 가장 고통스럽고, 가장 무시무시하며, 두려움에 벌벌 떨 만한 이름만 들어도 소름이 돋고 전율이 이는 그런 지옥을, 지하 세상을 만들어 내지 않았습니다. 그것을 만들어 내는 것은 오직 우리 자신일 뿐! 오직 인간의 생각일 뿐! 인간의 욕심일 뿐!

부처님은 다만 무한한 자비 그 자체이며, 신은 무한한 사랑 그 자체일 뿐입니다. 그분들은 인간을 단죄하고자 하는 그 어떤 의지도 계획도 가지고 있지 않습니다. 신은, 붓다는 오직 순수한 사랑일 뿐 단죄하는 분이 아닙니다.

방편으로 율법을 지키라고, 죄를 짓지 말라고, 주의를 주기는 했을지언정 그것을 어겼을 때 벌하기 위한 그 어떤 특단의 조치도 취하는 것에는 관심이 없는 분입니다. 다만 그 모든 인간의 악행을 아무런 판단도 없이 지켜볼 뿐 그분들의 시선에서는 악행, 선행이라는 차별이 없습니다. 다만 사랑으로 지켜볼 뿐입니다.

선악을 넘어선 분이 선악을 구분 지어 놓고 그 가운데 악을 행한 자만을 단죄하고 선을 행한 자를 선물 주기 위해 어떤 특별한 조치를 취한다고 생각합니까? 그것은 우리 인간들의 생각일 뿐이고, 우리 멋대로 지어낸 신에 대한, 절대자에 대한 바람이고 환상일 뿐입니다.

신은, 붓다는, 절대자는 아무런 판단도 없이 일체 모든 이들을 위해 다만 오직 사랑과 자비만을 준비해 두고 있습니다. 아니 신은, 붓다는, 이 우주는 그 자체가 사랑이요, 자비일 뿐입니다.

그럼에도 불구하고 인간의 의식 속에는 두려움도 있고, 고통도 있으며, 무시무시하고 소름 돋는 최악의 지옥이 있습니다. 가짜로 있습니다. 실체적으로 존재하는 것이 아니라 우리의 의식 속에 인연 가합으로 존재할 뿐입니다. 그것은 누가 만들어 냈습니까. 그렇습니다. 신이 만들어 낸 것이거나, 붓다가 창조해 낸 것이 아니라 바로 나 자신이, 인간이 만들어 냈습니다. 가짜로, 생각으로 만들어

낸 것입니다.

그러나 생각은 에너지를 갖습니다. 생각이 바탕이 되어 삶을 창조합니다. 그러나 그렇게 창조된 가짜 세상일지라도 그것은 인간들에게 마치 진짜처럼 느껴집니다. 고통도 진짜고, 지옥도 진짜고, 모든 것이 진짜처럼 생생하게 이어집니다. 그러나 더 깊은 차원의 진실은, 그 모든 것은 거짓이라는 것입니다. 그것은 없습니다. 오직 사랑만이 있고, 오직 무한한 자비와 연민만이 있을 뿐!

그러니 걱정하지 마세요. 두려워하지 마세요. 삶을 두려워하지 말고, 죽음을 두려워하지 마십시오. 두려워하면 두려워하는 바로 그것이 창조됩니다. 죽음을 두려워하는데 에너지를 쏟지 말고 삶을 사랑하는데 마음을 쏟으세요. 두려워할 것이 없는 본연의 사랑이라는 세상에 생각으로 두려운 것들을 창조해 내지 마십시오.

세상이 알려 준, 종교가 당신에게 알려 준, 사람들이, 선생님들이, 종교인들이 알려 준 원죄에 속지 마세요. 그것은 어디까지나 방편이었습니다. 삶은 두려워할 무엇이 아닙니다. 죽음 또한 두려워해야 할 무언가가 아닙니다. 그것은 무한한 사랑입니다. 무한한 아름다움이며, 한없는 자비이고, 지고의 기쁨입니다.

죄를 지으면 지옥에 간다고 했던 그 가르침이 우리에게 두려움을 안겨 주었습니다. 계율을 범하지 말라는, 율법을 어기지 말라는 그 가르침이 우리에게 죄의식을 안겨 주었습니다. 그러나 그것에 속지 마십시오.

신이 우리를 단죄한다고요? 우리를 시험에 들게 하고, 심판을 한 뒤 몇몇은 지옥으로 던져 버린다고요? 계율을 어기면 지옥에 간다고요? 지옥은 없습니다. 죄 또한 없습니다. 그렇기에 두려워해야 할 그 어떤 것도 없습니다. 이렇게 말하면 사람들은 항변할 것입니다. 그렇다면, 지옥이 없고, 죄 또한 없다면 잘못을 저질러도 되고, 악행을 저질러도 상관이 없다는 말인가 하고 말입니다. 물론 상관이 있습니다. 물론 지옥에 떨어집니다. 큰 고통을 받게 됩니다. 그러나 그것은 신이 준비해 둔 것이거나, 부처님이 만들어 놓은 곳이 아니며, 더욱이 그곳은 실체적인 곳이 아닙니다.

똑같은 상황이 어떤 사람에게는 지옥을 경험하게 하는가 하면 어떤 사람에게는 천상을 경험하게 하지 않습니까. 어떤 사람은 연봉 3천만 원이 괴로움이지만, 어떤 사람은 그것이 한없는 즐거움이지 않습니까. 배가 터지도록 부른 사람에게 자장면 곱빼기는 고통을 가져오지만 배가 고픈 사람에게는 그것은 천국과 같은 것이기도 합니다. 고통을 받지만 그 고통은 자신 스스로 만들어 낸 것일 뿐입니다. 지옥에 떨어지지만 그 지옥은 실체적인 어떤 영역에 신이 만들어 둔 절대적인 영역이거나, 절대적인 곳이 아니라 다만 스스로 만들어 내고 스스로 그곳에 빠져 괴로워하기로 선택한 그런 곳입니다.

스스로 지옥을 만들어 내지 않으면 우리는 결코 지옥을 경험할 수 없습니다. 그러니 있지도 않은 지옥을 생각으로 만들어 내어 '그곳에 떨어지면 어쩌지?' '죽고 나서 지옥에 가는 건 아닐까?' 하고 두려워하지 마십시오. 두려워함으로써 있지도 않은 지옥을 스스로 만들어 내지 마세요.

우리가 두려움에 떨면 그 두려움으로 인해 두려운 세상이 창조됩니다. 지옥에 가게 될까 봐 걱정 근심합니다. 누구나 죄를 지었기 때문에 마음속에는 지옥에 갈 것에 대한 두려움이 자리 잡고 있습니다. 바로 그 두려움이 지옥을 창조해 냅니다. 그러니 두려움에 떨지 마세요. 두려움으로 인해 지옥을 창조해 내지 마세요. 두려운 마음이 지옥을 만들고, 죄의식이 죄를 만듭니다.

마음속에 지옥을 품지 말고, 두려움을 품지 말고, 죄의식을 품지 마세요. 그것을 품음으로써 그것을 창조하지 마세요. 대신에 마음속에 무한한 사랑을 품으세요. 무한한 동체 대비의 자비로움을 품으세요. 신은 무한한 사랑이며, 붓다는 무한한 자비로움입니다.

죽음을 두려워하는 대신 죽음을 사랑하세요. 죽음이 두려운 것이라고 말한 사람은 죽음을 경험해 보지 못했습니다. 오히려 죽음을 경험해 본 사람은 죽음은 경이로운 것이라고 말합니다. 삶을 앗아 가는 것은 죽음이 아니라 자기 자신입니다. 삶은 무한히 살 기회를 주지만 우린 매 순간을 죽이고 있습니다. 우리에게 필요한 것은 주어진 매 순간을 생생하게 경험하고 누리고 만끽하며 삶의 순간순간을 죽이지 않고 온전히 살아 내는 것입니다. 삶을 두려워하는 대신, 미래를 두려워하는 대신, 지은 죄를 두려워하는 대신, 삶을, 자신을 무한히 사랑하세요.

삶도 죽음도 경이롭습니다. 그 둘은 둘이 아니며 그것은 사랑이라는 동전의 양면입니다. 우리가 아무리 달려갈지라도, 아무리 벗어나려고 애쓸지라도, 혹은 아무리 도달하려고 애쓸지라도, 우리는 언제나 사랑을 향해 달려갈 수 있을 뿐입니다.

두려워하지 마세요. 나 자신을 사랑하세요. 네 이웃을 사랑하세요. 주어진 삶을 사랑하세요. 다가올 미래를 사랑하세요. 진리를, 신을, 붓다를 사랑하세요. 오직 다만 사랑하기만 하세요. 두려움도,

고통도, 죄의식도, 근심 걱정도, 지옥도, 죽음도 모두 사랑으로 감싸 안으세요. 사랑 안에 녹아내리게 하세요.

본래부터 그것은 없던 것이고, 가짜일 뿐이니, 진짜로 가짜를 품어 안으세요. 사랑할 때, 사랑이 창조됩니다. 아니 본래 사랑이었음을 보게 됩니다.

우리 삶의 여정은 언제나 사랑으로부터 출발하여 사랑을 향해 도착할 뿐입니다. 영적인 진보, 수행의 완성, 그것은 곧 잊고 있었던 사랑을 되찾고, 사랑이라는 근원의 고향으로 돌아가는 숭고한 귀의의 여정을 뜻합니다. 우리 모두는 머지않아 사랑과 자비라는 '돌아가 의지할' 귀의처에서 만나 하나가 될 것입니다. 무한한 자비로움을 체험할 것입니다. 두려움이라고 불리는 가짜에 속아 오던 것을 깨닫는 순간, 바로 사랑과 자비의 파장으로 춤출 것입니다.

삶이란 사랑으로 시작해 사랑에 도착하는 과정입니다. 우리는 오직 사랑만을 경험할 수 있습니다. 그 어디에도 사랑 아닌 것은 없으니까요.

삶을 사랑하세요. 만나는 모든 이와 따뜻한 사랑을 나누세요. 사랑할 때 더 많은 사랑이 꽃처럼 피어날 것입니다.

06

부귀니 공명이니 잠시 잊어요.
산 있고 물 있으면 그만이지요.
한 칸 집이라도 그대와 누워
가을바람 밝은 달과 오래 살아요.

조운

법타

현재 동국대학교 정각원장(부총장)입니다. 1965년 속리산 법주사에서 추담 스님을 은사로, 1974년 일타 스님을 법사로 건당했습니다. 동국대학교와 동 대학원 인도철학과에서 학사 및 석사 학위를, 미국 클레이튼 대학교에서 철학박사 학위를 받았습니다. 1992년 (사)조국평화통일불교협회를 결성하여 남북한 불교기관과의 교류와 협력의 문을 열었고, 현재까지 금강국수공장을 운영해 오고 있습니다. 또한 진실·화해를위한과거사정리위원회 위원으로 근세사 바로잡기 역할을 했습니다. 2004년 만해대상을 수상했고 총무원 총무부장, 불교신문 부사장, 대구불교방송 사장, 은해사 주지 등을 역임했습니다.

금강산의 사랑 전설

세계의 명산이자 불교의 성지인 금강산에서 전해 내려오는 사랑 전설은 어디선가 들어 본 듯 친근하면서도 되새길수록 신비롭고 아름답습니다. 세상 사람 모두가 이런 사랑을 꿈꾸고 동경하지요. 들어서 익히면 실천하게 되고 실천하면 마침내 꿈꾸는 사랑이 이루어지지 않겠습니까. 많은 사람들이 원하는 사랑을 이루시길 바라는 마음으로 금강산의 사랑 전설 몇 가지를 천천히 들려드리겠습니다.

달나라의 선녀와 금강 신선의 사랑 깃든 집선봉은 온갖 신선들이 노닌 신비한 봉우리입니다.

아득히 먼 옛날 달나라에 용모가 아름답고 지혜가 월등한 계남이라는 이름을 가진 젊은 신선이 외동딸을 데리고 살았습니다. 외동딸로 태어난 계남 신선의 딸은 얼굴이 반달같이 아름답다고 하여 반달이라고 했습니다. 세월이 흘러 어느덧 계남 신선은 늙었고 그의 딸 반달도 출가할 나이에 이르게 됐습니다. 그런데 달나라는 기후가 나빠서 늙은 계남에게 있어서는 여생을 마칠 만한 곳이 못 되었고 또 반달과 짝을 맺어 줄 신선도 없었습니다. 그리하여 부녀는 다른 곳으로 옮겨 가 살 날을 꿈꾸며 매일 밤 온 누리의 별을 샅샅이 살펴보았습니다.

그러던 중 계남 신선은 지구가 가장 아름답고 살기 좋은 곳으로 보였고, 내려갈 것을 결심했습니다. 그가 딸과 함께 지구를 향하여 달나라를 떠나려고 하자 모든 신선들이 달려와 환장을 했다고 하면서 극력으로 만류하는 것이었습니다. 그러나 계남 신선은 한번 먹은 마음을 버리지 않았으며 오히려 새 희망과 기쁨을 안고 딸과 함께 지구를 향해 떠났습니다.

부녀는 날고 또 날아 지구 가까이에 오게 됐습니다. 그런데 지구는 달나라에서 보던 것과 달리 땅보다 바다가 더 넓었습니다. 참으로 지구는 신기한 곳이었습니다. 그래서 푸른 바닷가의 산 좋고 물 맑은 아름다운 곳으로 찾아가기로 작정했습니다.

얼마나 날았던지 넓은 바다 한가운데 마늘모처럼 생긴 두 개의 대륙이 맞붙어 있는 땅이 보였습니다. 그들은 그 땅의 어느 한 산정에 내려 사방을 두루 살펴보았습니다. 그러나 그 땅은 아름답지도 않고 행복하게 살 만한 곳도 못 되었습니다.

부녀는 다시 날아서 몇 곳 더 내려가 보았으나 역시 마음에 들지 않았습니다. 이렇게 살 곳을 찾아 여러 날 헤매던 중 눈에 번쩍 띄는 산이 하나 나타났습니다. 허리에 구름을 두른 백옥같이 희맑은 산봉우리가 하늘을 떠받들고 우뚝우뚝 솟아 있는데 해발에 비쳐 은빛으로 빛나고 있었습니다.

부녀는 기쁜 마음으로 그곳에 내려가 보았습니다. 그곳도 역시 온천지가 눈으로 뒤덮여 있어 살 곳이 못 되었습니다. 너무도 실망한 나머지 반달 선녀는 아버지에게 달나라로 다시 돌아가자고 했습니다. 아버지는 마지막으로 다시 한 번 살 곳을 찾아보고 달나라로 돌아가기로 했습니다.

동쪽으로 얼마쯤 날던 그들은 문득 눈부시게 아름다운 산을 발견했습니다. 자세히 굽어보니 하늘에 금강석 빛을 뿌리는 듯 아름다운 산이었습니다. 푸른 동해를 향하여 금강석으로 깎아 세운 듯이 우뚝하고 뾰족한 봉우리들이 1만여 개인데 그 모양이 천태만상이었습니다. 그리고 봉우리 사이의 골짜기로 흐르는 수정 같은 맑은 물은 흐르면서 수많은 폭포와 담소를 이루었는데 그 주위에는 갖가지 나무가 우거지고 꽃이 피어 절경을 이루고 있었습니다. 알아보니 금강산이라고 했습니다.

"참으로 금강산은 천하명산이로구나!" 하고 감탄해 마지않는데, 깊은 골짜기에서는 풍악 소리가 들려오고 수많은 신선이 금강산 봉우리로 오르내리고 있었습니다. 그 광경을 바라보고 있는데 한 골짜기에서 신선, 선녀들이 모여 즐기고 있었습니다. 계남 신선은 이곳에서 딸과 함께 며칠간 지내면서 여러 신선과 친숙하게 되었습니다.

하루는 그가 딸의 결혼 문제를 제기하자 여러 신선이 금강이라는 신선을 소개했습니다. 금강 신선은 금강산을 자기 몸같이 아끼고 사랑할 뿐 아니라 금강산의 자연 풍치에 맞게 식물을 가꾸고 동물을 기르는 신선인데 인물과 재능이 다른 신선보다 뛰어났다는 것입니다.

며칠 후 선하계곡의 어느 한 바위굴에서는 금강신선과 반달선녀의 결혼식이 성대하게 벌어졌습니다. 잔치에는 금강산에서 사는 신선들은 물론 하늘의 신선, 선녀들까지 내려와 참석했습니다. 금강신선의 보호를 받는 새, 짐승도 모두 모여 풍악에 맞추어 춤을 추고 나무와 바위까지 우쭐우쭐 흔들흔들 춤을 추며 금강신선과 반달 선녀의 결혼을 축하해 주었습니다.

만물상을 이룬 주봉의 하나인 세지봉 말기에 있는 망양대는 글자 그대로 만경창파를 이룬 푸른 동해의 경관을 바라보기 좋은 곳입니다. 이 전망대에서 서남쪽 세지계를 따라 가면 육화암에 이르게 됩니다.

옛날에 육화암 부근에는 호가라고 하는 한 청년이 매향이라는 아리따운 아내와 함께 늙은 부모를 모시고 행복하게 살고 있었습니다. 호가는 부모에게 효성이 지극했고 아내와는 애정이 아주 두터웠습니다. 게다가 힘이 세서 아무 일이나 척척 잘 해 냈으며 노래도 몹시 좋아하고 잘 불렀습니다. 그를 호가라고 한 것도 바로 노래를 놓아하고 잘 부른다고 해서 붙여진 이름이라고 합니다.

금강산 1만 2천봉 아름다운 나의 산이여
봄이면 아름다운 꽃과 풀이 온 산에 피어나고
여름이면 구름 타고 신선 선녀 내려온다네.
가을이면 중첩한 산봉우리와 골짜기에 단풍 지고

겨울이면 수정 기둥 온 산에 솟는구나.

아, 금강산에 사는 기쁨 참으로 끝없어라.

호가는 매향과 함께 이 노래를 부르며 춘삼월에 그윽한 꽃향기를 마시면서 산나물을 뜯으러 세지봉 말기를 오르내렸습니다. 호가가 어찌도 노래를 잘 불렀던지 그곳에 사는 새, 짐승들이 그의 노래 소리만 들으면 넘실넘실 춤을 추었습니다.

부부가 이처럼 행복한 나날을 보내던 어느 날 사랑하는 아내 매향이 앓아눕게 되었습니다. 호가는 아내가 여러 날 잘 먹지 않고 누워 있는 모습이 안타까워 무슨 음식이 먹고 싶냐고 물었습니다. 아내는 바닷물고기 삼치를 먹고 싶다고 했습니다.

그 말을 들은 호가는 한달음으로 세지봉 말기에 뛰어 올라가서 먼 동해를 바라보았으나 이렇다 할 방법이 생각나지 않았습니다.

'삼치를 잡으려면 바다에 나가야 한다.'

이렇게 결심한 그는 집에 내려가서 부모님의 승낙을 받고 곧 세지봉을 넘어 장진나루로 찾아갔습니다. 포구에 이르러 어부들을 만나서 아내에 대한 사정을 이야기하고 삼치를 어떻게 하면 잡을 수 있냐고 물어보니 인정 깊은 눈길로 호가를 바라보던 한 어부가 "삼치란 고기는 방어와 함께 우리 동해에서 잡히는 물고기 중에 제일

맛있어서 입맛 돋우는 데는 더없이 좋아요. 하지만 지금은 5월이어서 삼치는 잡히지 않고 다음 달이나 되어야 잡히기 시작하오."라고 말했습니다. 망설이던 호가는 한 달이 걸릴지언정 아내를 위해서라면 삼치를 꼭 잡아가지고 가야 한다고 다짐했습니다. 그리하여 호가는 어부들의 도움을 받아 배를 만들고 노 젓는 방법도 배우기 시작했습니다. 그러는 사이에 한 달이 지나 삼치가 잡히기 시작하는 6월이 되었습니다.

그가 바다에 배를 띄워 포구를 떠날 때는 물결이 어찌나 잔잔한지 마치 바다에 보드라운 비단 필을 펴 놓은 것 같았습니다. '이젠 삼치를 잡을 수 있게 되었구나.' 하고 생각하니 마음이 몹시 상쾌했습니다. 때마침 뱃전에서 푸득푸득 고기 튀어 오르는 소리가 났습니다. 물속을 들여다보니 배 아래에는 갖가지 물고기가 득실거렸습니다. 하지만 그가 잡으려는 삼치는 한 마리도 보이지 않았습니다. 그래서 호가는 배를 저어 먼 바다로 나갔는데 벌써 삼섬을 지나 알섬 근방에 이르게 되었습니다.

그런데 갑자기 태풍이 불면서 먹장 같은 구름이 바다 위에 뒤덮이더니 그렇게도 잔잔하던 파도가 세찬 격랑을 일으켰습니다. 호가가 탄 배는 그야말로 만경창파 위에 뜬 한 잎의 가랑잎같이 되었습니다. 얼마 후 배는 파손되고 거기에 탔던 호가 역시 물속에 잠기고 말았습니다.

남편이 겪는 이런 사연도 모르고 자리에 누워 있던 매향은 시부모의 극진한 간호를 받아 몸이 점차 회복되어 갔습니다. 삼치를 구해 오라고 바다로 아들을 떠나보낸 그의 시부모는 며느리의 병구완을 위해 금강산의 참나물, 둥굴레, 참취, 참나리, 참두릅, 백도라지, 고사리, 더덕, 고비, 곰취를 비롯하여 약초라는 것은 죄다 뜯어 왔습니다. 이처럼 시부모의 극진한 간호로 매향은 얼마 안 되어 병이 완쾌되었습니다.

이때야 비로소 시부모에게 남편이 자기를 위해 삼치 잡으러 바다로 갔다는 말을 듣게 된 매향은 비가 오나 바람이 부나 하루같이 세지봉 말기에 올라가서 남편이 돌아오기를 기다리다가 해가 지고 달이 뜬 후에야 집으로 돌아오곤 했습니다. 나중에는 집에도 돌아오지 않고 그 험한 산정에서 바다만 바라보며 흘러내리는 눈물을 씻고 씻을 뿐이었습니다.

매향의 애처로운 모습을 여러 날 눈여겨보고 있던 산중 도사가 찾아와 그 사연을 물었습니다. 매향은 도사에게 남편을 애타게 기다리는 심정을 털어놓았습니다.

매향의 말을 다 듣고 난 도사는 "그렇다고 너무 상심 마오. 머지않아 당신은 이곳에서 남편과 만나게 될 것이요."라고 말하고 바다로 사라졌습니다. 매향은 도사의 말이 의심스럽기도 했지만 한편 미덥기도 하여 그가 사라진 바닷가를 하염없이 바라보고 있었습니다. 그러던 어느 날 알섬 주위에서 섬광이 번쩍 일어나더니 삽시에 안개 속에 잠겨 섬이 보이지 않았습니다.

'저 알섬에 혹시 남편이 가 있지 않은지….'

이렇게 생각한 매향은 당장 그곳으로 가고 싶었습니다.

바로 그즈음에 바닷물 속에 잠긴 호가는 물고기의 안내를 받아 바다 왕국의 궁전인 용궁에 가 있었습니다. 으리으리한 궁궐 안에 호가가 들어서자 용왕은 그의 전후사연을 다 듣고 나서 "세상 사람들이 다 그대같이 자기 아내를 사랑한다면 얼마나 좋으랴. 자기 아내에 대한 그대의 지극한 사랑은 반드시 세상 사람들에게 모범으로 보일 것이요. 지금 그대의 아내는 산봉우리에 올라 하루같이 그대가 돌아올 것을 기다리고 있소. 그대는 이제 곧 인간 세상에 다시 나가서 아내를 만나 그와 함께 부모를 모시고 오래오래 행복을 누리도록 하라!"고 했습니다. 그리고 거북이에게 호가에게 큼직한 삼치 몇 마리를 잡아 줄 것과 그를 육지까지 잘 데려다 줄 것을 명령

했습니다.

이리하여 호가는 거북이의 잔등에 올라타고 몇 천 길 물속을 헤가르며 나오게 되었는데 어느덧 잔잔한 물위에 두둥실 뜨게 되었습니다. 호가가 정신을 차려 사방을 살펴보니 배가 파손되기 전에 앞서 보았던 알섬이 분명했습니다. 여기서 뭍까지 나가자면 아직도 멀었다고 생각한 호가는 부모가 있고 미더운 아내가 기다리는 금강산을 멍하니 바라보고 있었습니다. 해는 벌써 지고 섬에는 어둠이 깃들기 시작했습니다. 바로 이때 뜻밖에도 금강산 호랑이가 나타나서 자신의 꼬리로 잔등을 툭툭 치며 올라타라는 것이었습니다. 그만 눈물이 날 지경으로 고마웠습니다.

호가는 자신을 알섬까지 태워다 준 거북이와 작별 인사를 나누고 호랑이의 잔등에 올라앉았습니다. 호랑이는 바람을 일으키며 푸른 바다를 뛰어 넘고 숲 속을 지나 이 바위, 저 바위를 나는 듯이 달려 순식간에 세지봉 말기에 이르렀습니다.

한편 매일같이 세지봉 말기에 올라 남편이 오기를 기다리던 매향은 이날 밤에도 남편을 기다리다 못해 지쳐서 그만 잠들게 되었습니다. 그런데 뜻밖에 하늘을 향해 소리 높여 울부짖는 호랑이의 울음소리가 들리고 그 소리에 온 강산이 진동하더니 동해에서 둥근

달이 불쑥 떠올라 대낮같이 밝아졌습니다. 그제야 호가와 매향은 서로 얼굴을 알아보고 부둥켜안고 눈물을 흘리면서 못내 그립던 사연을 이야기했습니다.

이윽고 호가는 가지고 온 삼치로 회를 쳐 아내에게 주었습니다. 그것을 먹고 난 아내는 곧바로 원기가 회복되고 얼굴에 짙었던 병색도 완전히 가셨습니다. 아내를 본 호가는 자기의 노력이 헛되지 않았음을 깨닫고 매우 기뻤습니다. 이때부터 호가와 매향 부부가 상봉한 곳을 '망양대' 라고 했다고 전해집니다.

이 전설은 예로부터 부모를 존경하고 부부 간에 화목하게 살아가는 우리 인민의 미풍양속을 금강산의 아름다운 자연 경치와 결부시켜 꾸며 낸 이야기입니다.

만물상 입구에서 천선계를 따라 오르다가 칠층암을 지나 조금만 더 오르면 오른쪽 바위 중턱에 도끼로 깊이 찍은 듯 홈이 있는 기묘한 바위가 있습니다. 이곳이 바로 선녀를 만나려던 나무꾼 총각에 대한 이야기가 깃들어 있는 절부암입니다.

옛날에 만물상 골안으로 나무하러 들어가던 한 힘센 총각이 바위 곁에 앉아서 다리쉼을 하다가 개울 동쪽에 우뚝 솟아 있는 절벽

위를 올려다보게 되었습니다.

그런데 그 절벽 위에는 지금까지 전혀 보지 못한 아리따운 선녀가 온갖 재롱을 부리며 놀고 있었습니다. 나무꾼 총각은 처음에는 자기 눈을 의심했습니다. 그러나 자세히 살펴보니 분명 얼굴이 금시 떨어진 앵두 같고 손에는 저대를 들었으며 날개옷을 입은 몸매 역시 날씬한 틀림없는 선녀였습니다.

이 순간 나무꾼 총각은 그 선녀를 만나고 싶은 생각이 불쑥 치밀었습니다. 일찍이 아버지를 여의고 늙은 어머니를 모시면서 모진 가난 속에서 나이 먹도록 장가도 들지 못하고 있던 총각에게 있어 그것은 마음속의 간절한 소원이기도 했습니다. 볼수록 마음이 조급해진 나무꾼 총각은 당장 절벽 위로 뛰어 올라가 그 아리따운 선녀에게 사랑을 고백하기로 작정했습니다.

그렇지만 사방이 깎아지른 듯한 절벽으로 되어 있어 선녀가 있는 바위 위로 도저히 올라갈 수 없었습니다. 그래서 총각은 곧바로 그 바위 절벽으로 기어오를 것을 결심하고 오르다가 미끄러지고 또 다시 오르다가 미끄러지곤 했습니다.

나무꾼 총각은 하는 수 없이 선녀에게 내려오라고 손짓했습니다. 선녀는 내려오지 않고 저대를 불면서 춤을 추고 있을 뿐 총각의 부름에는 아랑곳하지 않았습니다. 총각의 귀에는 아름다운 저대 소리만이 들릴 뿐이었습니다.

이에 화가 동한 나무꾼 총각은 가지고 갔던 도끼로 선녀가 앉아 있는 바위 중턱을 뭉텅 내리찍었습니다. 이때부터 그 바위 절벽을 절부암이라고 부르게 되었습니다.

만물상의 절부암에는 하늘 선녀와 금강산 총각 미랑의 사랑 이야기도 깃들어 있습니다.

아득히 먼 옛날 하늘나라 옥황상제에게 낭자라고 불리는 어여쁘고 상냥한 딸이 있었습니다. 딸에 대한 하늘 왕의 사랑은 극진했지만 낭자는 나이가 들어감에 따라 하늘 궁전의 고루한 생활이 싫증났습니다. 그래서 그는 하늘 아래에 펼쳐진 지상 세계를 늘 살폈고 그러다가 인간 생활에 점차 동경을 품게 되었습니다.

맑게 갠 날, 깊은 생각에 잠겨 살펴보노라면 때때로 인간 세상에서 짙은 인정의 향취가 풍겨 오기도 하고 부드럽고 상쾌한 풍악 소리 또한 은은히 들려오기도 했습니다.

그것은 인간 세상에 대한 낭자의 호기심을 더욱 돋우어 주었습니다. 그래서 낭자는 늘 마음속에 미지의 인간 세상을 그리면서 인정의 상서로운 향취와 아름다운 풍악 소리가 나는 곳을 찾아 매일 하늘 밖을 날아돌았고 그것이 어느덧 하루의 즐거운 일과가 되었습니다.

그러던 어느 날 옥황상제는 사랑하는 딸 낭자를 불러 앉히고 조용히 물었습니다.

"애야, 너는 무슨 일로 매일같이 궁궐 밖으로 나갔다가 날이 저물어서야 돌아오느냐?"

"소녀는 얼마 전에 무지개가 드리워 있는 곳을 따라 내려갔다가 구름이 어떤 바위에 걸채이므로 그 바위 봉우리에 내렸더니 그곳의 산천 경치는 말로 형용하기 어렵게 기이하고 아름답더이다.

깎아 세운 듯한 바위들이 우뚝우뚝 솟아 있고 그 바위 위에 흙 한 줌 없는 곳에도 나무와 꽃이 뿌리를 박고 푸르고 싱싱한 자아 꽃이 활짝 피었으니 그 향기 또한 그윽하기 이를 데가 없었소이다. 또한 계곡에는 수정 같은 맑은 물이 흐르며 폭포로도 되고 담소도 이루며 바위 위를 미끄러져 가니 그 아름다운 경치를 수틀에 담아 볼까 하여 갔다가 발길이 떨어지지 않아 놀고 오곤 하나이다."

낭자의 말을 홀린 듯이 듣고 있던 옥황상제는 머리를 끄덕이며 "그렇게 좋은 곳이면 내려가 놀되 너무 늦어지지 않도록 해라." 하고 허락해 주었습니다. 그때부터 낭자는 무지개를 타고 수틀을 한 팔에 끼고 매일 내려가 앉아 수를 놓았습니다. 아름다운 금강산의 풍경을 수놓고 있는 낭자의 모습은 만물상 절부암 위에 매일같이 나타났습니다. 만물상의 아름다운 경치를 화폭에 옮기는 낭자의 모습은 또한 한 폭의 그림처럼 아름다웠습니다.

어느 날 낭자는 그 전날과 마찬가지로 바위에 의지한 나무 등걸에 앉아 수를 놓고 있는데 어디선가 구성진 피리 소리가 봄바람에 실려 들려왔습니다. 낭자는 문득 놀랐습니다. 언제나 새소리, 물소리만 들리던 곳에서 난데없는 피리 소리가 들려오는 것이 신기하여 골짜기를 내려다보았습니다. 낭자는 눈이 휘둥그레졌습니다.

키가 늠름하고 얼굴이 검실검실하면서도 환하게 생긴 나무꾼 총각이 피리를 불면서 자기가 앉아 있는 봉우리 아래로 다가오고 있었습니다.

"어머나!"

낭자는 가늘게 외마디소리를 지르고 어디인가 몸을 숨기려 했으나 그가 앉았던 봉우리는 으슥한 그늘이 없는 곳이어서 어쩔 줄 몰라 하다가 그대로 앉아 있을 수밖에 없었습니다. 그런데 피리 소리가 뚝 그쳤습니다. 낭자는 피리 소리가 들리던 골짜기를 내려다보다가 깜짝 놀랐습니다. 총각은 불던 피리를 품속에 넣고 바위 모서리를 잡으며 낭자가 앉아 있는 봉우리로 올라오다가 미끄러지고 또 올라오다가 미끄러져 내리는 것이었습니다.

낭자는 해죽이 웃으며 총각의 마음을 가늠해 보기로 했습니다. 이 가파르고 위험한 절벽을 어떻게 올라오겠습니까. 낭자는 총각이 자기가 앉아 있는 바위까지 올라와 주었으면 하는 기대를 안고 내려다보고 있었습니다. 총각은 낭자를 올려다보고 낭자가 자기를 지켜보고 있다는 사실을 알고 힘을 내어 또다시 오르기 시작했습니다. 하지만 이번에도 얼마 못 올라서 미끄러져 내렸습니다. 총각은 이렇게 올라가기를 거듭하다가 그만 지쳐서 주저앉았습니다. 낭자는 "그렇겠지. 저 총각이라고 무슨 힘으로 여길 올라온담." 하며, 그도 여느 총각들과 다를 것이 없다고 생각했습니다. 그런데 총각이 올라오기를 바라는 낭자의 마음을 알았는지 주저앉아 있던 총각이 벌떡 일어섰습니다. 그는 지게에 꽂혀 있던 도끼를 뽑아 들고 바위 허리를 찍기 시작했습니다.

총각은 아무리 애써도 올라가기 힘든 이 바위를 아예 끊어 버릴 심산이었습니다. 나무만을 찍던 도끼지만 총각이 있는 힘을 다해서 내리찍자 도끼날에서 불꽃이 일며 바위 조각을 산산이 부수기 시작했습니다. 그것을 보고 있던 낭자는 마침내 총각의 대장부다운 기질을 발견했고 그의 씩씩하고 용맹스런 기상에 마음이 흔들렸습니다. 낭자는 바위 아래를 향하여 소리쳤습니다.

"여보세요, 왜 바위를 도끼로 찍나요?"

"아가씨를 찾아 올라가려던 참이요."

"그만두세요. 내가 내려가겠어요."

"선녀 아가씨, 그럼 어서 내려오시오."

이렇게 되어 낭자 선녀는 날개옷을 훨훨 날리며 총각이 기다리고 서 있는 골짜기로 내려갔습니다.

"당신은 누구신데 여기로 오셨는지요?"

"나는 이 금강산에서 사는 미랑이요. 나무를 해다가 팔곤 하는데 우연히 당신을 보게 되어 꼭 만나보고 싶었지요."

"저는 하늘나라 선녀인데 금강산이 아름다워 놀러 왔다가 당신을 만나게 되었습니다. 당신의 군세고 강인한 대장부다운 풍모에 감동하여 제가 여기까지 내려오게 되었군요."

그들은 서로 통성이 끝나자 낭자는 금강산 절경을 수놓아 만들고 있던 비취금의 비단 이불을 보여 주었습니다. 총각은 아름다운 피리를 불면서 선녀와 하루를 즐겁게 보냈습니다. 시간이 가는 줄도 모르고 이야기꽃을 피우며 놀던 그들은 헤어지고 싶지 않았습니다. 천년만년 이렇게 영원히 둘이 함께 앉아 있고 싶었습니다.

드디어 낭자는 미랑에게 말했습니다.

"나는 하늘로 올라가지 않을래요. 당신과 함께 이 아름다운 금강산에서 살고 싶어요."

미랑은 너무나 기뻐 낭자의 손을 덥석 잡았습니다.

"선녀 아가씨! 어떻게 달리될 수 있겠소. 우리는 이 아름다운 금강산에 영원히 뿌리를 내립시다."

이렇게 되어 미랑과 선녀는 한 쌍의 부부가 되어 오래오래 행복하게 살았습니다.

그때 미랑이 찍었다는 도끼 자국이 난 바위를 절부암이라고 합니다.

어떻습니까. 1만 2천 봉우리마다 바위마다 깃들어 있는 사랑 이야기를 들으니 온 마음이 촉촉해지지 않습니까. 우리 모두 이 순간 금강산의 선녀, 신선이 되어 서로서로 큰 사랑을 나누어 보세요. 우리가 서 있는 바로 이곳이 절세 절경 금강산이라고 상상하며 말입니다.

07

제 모습은 지는 연꽃 같고
그대 마음은 흐르는 물 같아요.
흐르는 물결은 흔적도 없지만
연꽃 향기는 사라지지 않지요.
설죽

보경

송광사 서울 분원 법련사 주지 스님입니다. 송광사에서 현호 스님을 은사로 출가했습니다. 10년간 선방에서 수행했고 조계종 교육원 연수국장과 교육국장, 조계종 중앙종회의원으로 활동했습니다. 현재 보조사상연구원 상무이사 소임을 맡아 대중포교에 힘쓰고 (사)생명나눔실천본부의 이사로서 장기기증운동과 불우환자 돕기에도 적극적으로 나서고 있습니다. 일생 1만 권 독서의 꿈, 불교의 인문학적 해석을 평생의 과업으로 삼고 있습니다. 동국대학교 박사 과정에 수학 중입니다. 석사 논문으로 〈목우자 지눌의 정혜결사 연구〉를 썼습니다. '하루를 살아도 천 년을 사는 마음으로 살라.' 는 스승의 가르침을 삶의 정신으로 삼고 있습니다.

사랑, 몸을 돌리는 것

올해 들어 두 번째 태풍이 올라오고 있습니다. 국지성 호우가 여름 장마 내내 보여 준 현상이기도 하지만 일요 법회를 마치고 나선 순간 폭우가 쏟아지기 시작했습니다. 아주 오랜만에 보는, 물보라로 커튼을 치듯 앞을 하얗게 가리는 거친 비바람이었습니다. 도심에서 주지로 살고 있는 나는 오늘처럼 비가 오거나 아니면 한 겨울 눈이 내리는 날이면 알 수 없는 그리움이 밀려듭니다.

나는 토굴을 만든다면 양철 지붕으로 하리라는 오랜 꿈이 있습니다. 토굴은 스님들이 수행을 위해 머무르는 방 한 칸 있는 집 정도의 규모를 말합니다. 법정 스님처럼 생활의 불편을 감수하고 들어간 오두막이 본래의 의미에 가깝습니다. 혹은 집이 몇 채 되는 암자를 이렇게 부르기도 하지만 외형상의 규모는 지극히 소박해야 하고 그 안에 둥지를 틀고 사는 이는 청빈한 정신을 잃지 말아야 합니다.

어릴 적에 비가 오는 날이면, 나는 세 살 터울의 동생을 데리고 창고로 들어가고는 했습니다. 기와지붕의 측면 처마로부터 제법 넓은 폭으로 달아 낸 이 창고는 지붕이 양철로 만들어져 있었습니다. 이 얇은 금속은 창고를 울림통으로 삼은 듯 가랑비부터 굵은 빗방울까지 하나도 놓치지 않고 섬세하게 귀에 들려주었습니다. 어떤 날은 빗소리를 듣던 채로 잠이 들기도 했는데 나를 찾아 들어온 노모께서는 당장의 나무람보다는 장래가 심히 염려스러웠던가 봅니다. 그 시절의 어느 날이었던가, 어른들이 주고받는 말 가운데서 운명과 같은 한마디를 듣고 말았습니다.

"저 애가 외롭게 살려나 보다."

중국 근대 불교사에서 가장 유명한 인물 중에 쑤만수(1884~1918년)가 있습니다. 그는 범어 학습서를 출간하기도 하고 바이런의 시나 빅토르 위고의 《레 미제라블》을 번역하기도 했지요. 그가 서른다섯에 죽자 장례를 치러 준 이가 쑨원입니다. 중국의 문호 린위탕이 쑤만수를 '선명한 개성, 영원한 매혹'이라고 평했을 정도입니다. 그는 비승비

속의 운명이었던지 열두 살 되던 해 부친이 결혼을 시키려 하자 이를 피해 들어갔던 곳이 광저우의 혜룡사였습니다. 그는 울며 서 있었습니다. 마침 노스님 한 분이 이를 보고 물었어요.

"젊은 거사님, 무슨 일이라도 있으신가?"

노스님은 다소 장난기 어린 목소리로 아이를 떠 본 것입니다. 쑤만수가 대답했습니다.

"예, 일이 있습니다."

세상에는 일이 없는 사람도 있고 일이 있는 사람도 있습니다. 일이 없는 이는 우선 긴장감이 없습니다. 열두 살 아이가 일이 있다 했으니 산문에서 평생을 홀로 살아온 노스님이 이를 눈치채기 어렵지 않았을 테지요. 노스님은 쑤만수를 데리고 방에 들어가 다시 물었습니다.

"무슨 일로 왔는가?"

"스님이 되려 합니다."

"왜 스님이 되려 하는가?"

"모든 번뇌를 타파하려 합니다."

이 말에 노스님은 크게 웃었습니다. 한참을 웃다 다시 물었어요.

"자네 집은 어디인가?"

쑤만수가 대답했습니다.

"저는 집이 없습니다."

집을 잃어 본 적이 있습니까. 출가를 생각했을 때, 나도 집이 없었습니다. 쑤만수 정도의 예리한 근기는 아니겠지만, 세상에 내가 머물 집이 없었습니다. 출가하겠다는 말씀을 드렸을 때 노모님은 평생 말을 한마디도 안 해 본 사람 같기도 하고, 무슨 말을 해야 할지 잊어버리기라도 한 것처럼 반응이 없었습니다. 사랑이 크면 붙잡을 수도 있지만 흔연히 놓을 수도 있음을 그때 깨달았습니다.

생각해 보면 지금도 돌아가신 노모께 죄송한 일이 하나 있습니다. 1980년 초반, 송광사로 출가하여 첫 초파일을 보느라 후원에서 분주하게 일을 하고 있었습니다. 시간으로는 오후의 가운데에 들어 있을 즈음에 종무소에서 전갈이 왔습니다. 노모가 마을 분들과 올라왔는데 나를 찾는다는 것이었습니다. 망설임 끝에 암자에 심부름 가서 저녁에나 올 터여서 보지 못 할 거라고 전해 달라 하고는 결국 나가 보지 않았습니다. 그날은 담담했는데, 이튿날부터 며칠간 명치가 멍이 들 듯 파랗게 변해 있었습니다. 생각만으로도 그렇게 되는 것인지 나 자신도 무척 놀랐습니다.

여러 해가 지나 광주를 지나는 길에 밖에서 한 번 뵌 적이 있었습니다. 노모는 그때의 일을 물으며 "일부러 안 만나는 줄 알고 있었다."라고 해서 죄송스러웠습니다. 당시의 생각으로는 더 큰 공부를 성취하여 뵈리라는 각오 때문이었는데 그 순간 이 모든 것을 이해한다는 듯이 돌아섰던 노모가 더없이 크게 느껴졌습니다.

예전에 기상대에서는 젊은 여성의 머리카락으로 날씨를 예측한 적이 있다고 합니다. 비가 오는 날 고양이는 유독 잠을 이기지 못합니다. 가끔씩 오후에 1시간 정도 잠을 즐기는데 오늘처럼 비가 오는 날이면 방을 어둡게 하여 깊은 잠을 청하는 것입니다. 며칠 전 어금니를 뽑은 자리에 임플란트를 시술하여 심술궂은 사람처럼 왼쪽 볼이 처지듯이 부은 상태에다가 약을 먹어 평소보다 더 오래 자고 일어나 밖을 보니 날이 저물고 있었습니다. 공양간에 내려가 라면을 끓여 먹고 서재를 겸한 집무실에서 무작정 꺼내 든 게 선가의 보석 같은 어록인 《벽암록》, 눈은 밑줄 그어진 조주종심선사의 선문답이 나오는 제 52칙의 '조주의 돌다리는 나귀도 건너고 말도 건넌다.' 에서 멈췄습니다. 이 화제의 연원은 이렇습니다.

이 선사는 백이십 살까지 살았다 해서 고불이라고 합니다. 하북성 조주의 관음원에서 말년을 보냈습니다. 당시 천하의 삼석교라 하여 유명한 돌다리가 세 개 있었습니다. 천태산, 남악, 그리고 이 조주 석교입니다. 천태는 법화사상을 개창한 분이고 남악도 선문의 일파로 그 세가 장중했지요. 이 조주 석교는 관음원에서 30리쯤 떨어진 곳에 있었습니다.

한 참선자가 물었습니다.

“오래전부터 조주의 돌다리가 유명하다기에 막상 와 보니 그저 간단한 외나무다리가 아닙니까?”

조주선사가 대답했습니다.

“너는 간단한 외나무다리만 보고 돌다리를 보지 못하느냐?”

참선자가 다시 물었습니다.

“그 돌다리는 어떤 겁니까?”

조주선사가 다시 대답했습니다.

“조주 석교는 나귀도 건너고 말도 건넌다.”

돌다리는 말도 나귀도 수레도 다 지날 수 있습니다. 튼튼하니까요. 그런데 외나무다리는 통나무 하나만 물 위에 걸쳐 놓은 거라서 동시에 건너지 못하고 한 방향으로 하나씩 밖에 가지 못합니다. 이것은 법의 크기를 의미합니다. 조주선사의 법은 깊고 미묘하여 누구든 저 피안으로 건네주지 못하는 이가 없습니다.

나는 법문에 이 이야기를 즐겨 씁니다. 바로 사랑의 힘입니다.

인간의 분별과 싸움은 이익을 다투는 데서 일어납니다. 내 것을 놓아 버리는 사람은 큰사람입니다. 이것저것 따져 보다가 마지못해 양보하는 사람은 그다음입니다. 제일 하등한 이는 자신의 것으로 만들기 위해 체면도 불구하는 사람입니다. 넓고 아름다운 이 세상에서 사이좋게 살아가려 하지 않고 남보다 더 많이 차지하는 것에만 정신이 팔려 있습니다.

《도마복음》에서 예수님은 말씀하셨습니다.

"만일 두 사람이 한 집에서 평화롭게 지낸다면, 그들이 산에게 '다른 곳으로 옮겨 가라.' 고 말하면 산이 옮겨 갈 것이다."

말 한마디로 산을 움직일 수 있다면 엄청난 기적입니다. 그런데 그보다 어려운 게 함께 살아가는 마음입니다. 이 말은 얼마나 가슴 아픈가요. 한 집에서 사는 식구끼리도 평화롭게 살아가지 못하는데, 누구와 더불어 살아갈 수 있겠습니까.

《주역》의 괘는 여섯 개의 음과 양의 효로 구성됩니다. 이 괘에는 길하고 흉한 것이 함께 숨어 있습니다. 전체가 좋을 수 없고 모든 것이 이로울 수 없습니다. 그런데 64괘중에 녀석의 효가 모두 길한 괘가 딱 하나 있습니다. 그것은 '겸양 양讓'의 괘입니다. 양보하면, 남에게 앞서가도록 하면 모든 것이 길합니다. 축복은 이런 마음 위에 살포시 내려앉습니다. 그렇다면 인간은 왜 미혹되는 것일까요. 공자는 인생 사십이면 불혹이라고 했습니다. 이는 의혹되거나 의심하지 않는다는 뜻입니다.

《논어》에서 〈자한〉 편에 '지혜로운 사람은 미혹되지 아니하고, 어진 사람은 걱정하지 아니하고, 용기 있는 사람은 두려워하지 않는다.' 라고 한 말씀을 눈여겨보세요. 삶은 믿음만으로 해결되지 않습니다. 그래서 불교에서는 지혜를 말합니다. 모든 것에 지혜가 우선하지 않으면 그 일이 바르게 되지 않아요.

사랑은 사람 간의 관계에서 그치지 않고 세상을 움직이게 하는 거룩한 힘이기도 합니다. 우리의 뇌는 어떤 사건에 대한 만족도를 그것을 경험한 절정기와 종결기의 두 가지 척도로 계산한다고 합니다. 둘에서 일종의 평균값을 내서 만족도를 결정한다는 것입니다. 좋은 시작이 있다면 좋은 결말도 분명히 있습니다. 이 둘을 조화롭게 보기 위해서 내가 권하는 방식은 '몸을 돌리라.' 는 것입니다. 방향은 몸이 어디로 향하느냐에 따라 바뀌는 것이지 생각만으로는 아무것도 결정되지 않습니다. 이 방향은 자신의 의지로도 가능하지만 타인의 힘에 끌려서 결정되기도 합니다.

신화에는 '~하지 말라.' 는 금기의 모티브가 작용하여 반드시 파멸을 맞는 이야기가 나옵니다. 예를 들면 〈소돔과 고모라〉에서는 롯의 가족이 미리 피하라는 계시와 함께 절대 뒤를 돌아보지 말라는 주의를 받았는데 소돔으로부터 달아나다가 궁금증에 뒤를 돌아본 롯의 아내가 소금 기둥으로 변하고 맙니다. 또 오르페우스가 사랑하는 아내 에우리디케를 저승에서 데리고 나올 때 뒤를 돌아보지 말라는 주의를 무시하고 돌아보았다가 아내가 다시 저승으로 떨어졌다는 이야기도 있습니다. 우리나라의 '장자못 전설'도 이와 비슷합니다. 인색한 부잣집에 시주를 간 스님이 박대를 당했는데 그 집의 며느리가 몰래 쌀을 주었습니다. 스님은 이에 대한 답례로 "며칠 후 뒷산 돌미륵이 피눈물을 흘리면 뒤를 돌아보지 말고 산으로 올라가라. 대신 뒤를 돌아보아서는 안 된다."는 말을 했습니다. 과연 며칠 후 스님의 말대로 일이 벌어지는 것을 보고 산으로 뛰어오르다가 뒤가 궁금하여 돌아보았더니 엄청난 물이 밀려들고 있었지요. 그리고 그녀의 몸은 굳어지면서 돌로 변했습니다.

그래도 이는 사랑해서 맞은 파멸이니 안타깝고 안타깝지 않습니까. 이 무상한 세상에서 우리를 살리는 것은 사랑입니다. 이 사랑이 세상을 눈뜨게 하고 중생을 피안으로 건너게 합니다. 진리의 사람은 자신의 이익을 위해 남의 희생을 원치 않습니다. 좁은 길을 다

투려하지 않아요. 원칙만을 주장하는 경직된 영혼이 아니라 세상의 삶과 그 터전이 궁금하여 견딜 수 없기 때문에 그는 결국 자신의 안녕보다는 뒤를 돌아보고 다시 돌아오는 따뜻한 영혼을 가집니다. 세상은 오직 이런 영혼이 밝히는 등불 덕분에 정화됩니다.

어디서 읽었던가요. 티베트에서는 여행자에게 자주 뒤를 돌아보라고 합니다. 자신이 지나 온 만큼 확인하는 작업입니다. 이 여행을 통해 그는 익숙한 것으로부터 멀어지며 새로운 여행의 방법과 삶의 지혜를 터득해 갈 것입니다. 이 이야기가 참으로 아름답게 기억되었습니다. 지난 시간을 자주자주 돌아본다면, 본래 없는 것에서 태어난 삶이 오히려 축복이 됩니다. 사막의 여우가 다른 짐승에게 쫓겨서 자신의 굴로 들어갈 때에도 뒤를 확인하고 들어간다고 합니다. 그 경황없는 사이에도 삶을 포기하지 않는 마음이 또한 경이롭습니다.

여름이 되어 비가 내리면 풀들이 자라기 시작하네.
그때가 사슴이 뿔을 가는 달이지.

〈인디언 야키족의 노래〉에서

영웅 신화의 공통적인 전개는 공식 같은 게 있습니다. 어느 날 자신이 살던 장소를 떠나 홀로 고행의 시간을 갖습니다. 그리고 고행 끝에 깨달음을 얻고는 과거 자신이 살던 곳으로 귀환합니다. 다시 돌아오는 것입니다. 부처님도 그랬고 공자님도 그랬고 예수님도 그랬습니다. 우리는 돌아오지 않는 위인을 알지 못합니다. 그런 위인은 없었으니까요.

잦은 비에 놀라기라도 했단 말인가요. 가을의 초입, 밤이 깊은데도 풀벌레가 울지 않습니다. 자연 속에 살아가는 인디언들이 계절의 변화를 주목하며 사슴이 뿔을 가는 것을 기억하듯이, 이 계절에 사랑과 행복으로 돋아나는 뿔 하나 고이 간직하려 합니다.

08

홀연염기래忽然念起來

홀연방하거忽然方下去

홀연히 한 생각 일으켜 왔다가

홀연히 다 놓고 가노라.

작자 미상

선업

불교방송 〈우리는 도반입니다〉 진행자 스님입니다. 동국대학교 대학원에서 신문방송학을 전공하면서 〈불교경전에 나타난 커뮤니케이션 현상의 이론적 분석〉을 썼으며 상명대학교 대학원에서 가족에 대한 관심으로 가족치료학을 전공한 부부 · 가족치료 전문가입니다. 상담전문가 및 사회복지사 1급 자격을 취득한 후 현재 서울가정법원상담위원, 불교상담개발원연구위원, 뫔행복치유센터 원장으로 활동 중입니다.

상실감 다루기

무언가를 잃어 본 경험이 없는 사람이 있을까요? 소중한 것을 잃는다는 것이 어떤 것인지 경험하지 못한 사람은 없을 것입니다. 하지만 사랑을 잃고 그 영상에 매달려 수없는 밤을 눈물로 지새우며 애별리고愛別離苦의 괴로움을 외로움으로 수용한 이들은 이렇게 말합니다.

"이별이라는 단어의 무거움에 힘든 나날을 보낸 적이 있느냐."

그리고 덧붙입니다.

"내가 잃은 것은 배우자가 아니라 그와 함께할 추억의 시간이다."

생을 살면서 맞게 되는 수많은 바람 중에서 사랑하는 이를 떠나보내야 하는 광풍을 만나 떨리는 사시나무로 광야에 버려진 경험은 우리의 삶을 송두리째 앗아 가 버립니다. 보고 싶어 울고, 그리움에 또 울어도 한 번 떠난 사람은 야속하게도 다시 오지 않습니다. 쓸쓸하고 허전하다는 표현으로는 헤어짐의 고통을 온전히 담아내기 어려울 정도로 마음 갈피를 잡지 못하는 나날이 계속되면서, 쳐다본 하늘은 노랗고 게다가 거뭇하기까지 하고 밖으로 향하는 발걸음은 점점 더 어색해집니다.

정든 이와의 이별을 경험한 이들은 대부분 크고 작은 후유증에 시달리게 됩니다. 이것을 트라우마라고 하는데 우리의 신체, 정신, 대인 관계까지 영향을 미치게 됩니다. 특히 마음속에 남겨진 정신적 상처는 몸에 남은 상처처럼 보이지는 않지만 치유되지 않으면 평생 개인의 삶에 걸림돌이 되곤 합니다.

주요한 존재의 상실이 가져다주는 증상을 살펴보면 크게 과민반응과 충격의 재경험 그리고 감정 회피 또는 마비로 나눌 수 있습니다. 과민반응은 쉽게 놀라고 불안해하며 잠을 자지 못하고 집중이 어려운 증상을 말하고, 충격의 재경험은 이별이나 사별에 대한 기억이나 꿈, 환각이 재연되어 실제와 같이 느끼는 것입니다. 그리고 감정 회피 또는 마비의 증상은 정상적인 감정이 없어지면서 비현실적인 감정만 들기 때문에 분노와 피해의식, 죄책감 등에 쉽게 빠져드는 것을 말합니다.

그리고 대부분의 경우 슬픔을 이기지 못하여 숨이 막히거나 정신이 몽롱한 경험을 하거나 기진맥진, 마비, 떨림, 경련, 위장 장애 등을 일으키거나 호르몬의 변화로 인한 알레르기와 같은 현상에 시달리기도 합니다. 또한 비현실적인 감정 때문에 알코올과 약물에 의존하여 남용 및 중독으로 이어지는 경우가 생기기도 하고 자율신경계 장애가 나타나기도 합니다.

계속되는 슬픔은 집중력 장애와 기억력, 문제해결 능력의 장애를 초래하게 되고 상실감의 반응 중에 하나인 '그럴 리가 없어.' 라는 불신 반응이 오랫동안 지속됩니다. 또한 이들은 떠난 이에 대한 그리움, 계속되는 회상, 상실에 대한 집착 때문에 스스로를 비난하다가 삶의 목적이나 희망을 상실하기도 합니다. 사랑하는 사람의 목소리가 들리거나, 그와 함께 있는 것으로 착각하는 경우도 빈번합니다. '미쳤다.' 고 할까 봐 다른 사람을 만나지 않는 경우도 있습니다.

《아함경》에 보면 아들의 사망이라는 받아들이기 힘든 대형 사건에 동반된 슬픔과 상실감으로 인해 신체적, 정신적, 사회적 고통을 겪고 있는 키사 고타미 이야기가 나옵니다. 예상하지 못한 자녀의 죽음을 부인하고 믿지 않으며 적대감과 원망, 죄책감으로 정신줄을 놓아 버린 그녀에게 부처님은 '사람이 죽은 일이 없는 집에서 겨자씨를 얻어 오면 아들을 살려 주겠다.'는 말로 치료를 시작합니다. 그 후 고타미는 이집 저집을 돌며 겨자씨를 얻으러 다닙니다. 결국 사람이 죽지 않은 집이 없어 겨자씨를 얻지는 못했으나 차츰 이성을 회복하여 죽음의 실체를 알고 상실감의 고통에서 벗어나게 됩니다.

그 후에도 정말 고통에 속박되지 않고 지내는지 궁금해하는 이들에게 고타미는 "내가 어린 자식을 잃은 것은 아주 오래 전의 일…. 자식을 잃었다는 것을 나는 더 이상 슬퍼하지 않는다. 나는 울지 않는다. 벗이여! 나는 아무것도 두려워하지 않는다. 어둠의 덩어리를 부수고 죽음의 신이 세력 좋은 군대를 쳐부수어 나는 번뇌가 없이 살아간다."라고 치유된 후의 본인 상태를 담담하게 말하고 있습니다.

이 이야기를 배우자와의 이별에 적용해 보면 상실감 치유를 위한 방법 모색을 위한 좋은 모델이 될 수 있을 것 같습니다.

이별의 상실감을 치유하기 위해서는 어떻게 해야 할까요? 가장 필요한 것은 '바로 보기'를 계속하는 일입니다. 이별의 상처와 몸에 난 상처는 아무는 과정이 꼭 닮았습니다. 둘 다 상처가 아물기 전에 딱지가 생기고, 그 딱지가 떨어져야 비로소 다 나았다고 할 수 있습니다. 이별을 경험하며 생긴 마음의 상처에도 딱지가 앉는 법입니다.

어떤 이는 상실감으로 인한 슬픔으로부터 자신을 방어하기 위해 옹색한 근거를 만들어 합리화를 시도하기도 하고, 어떤 이는 분노에 가득 차 먼저 간 상대방에게 비난을 퍼붓기도 합니다. 또 어떤 이는 죄책감으로 모든 일에 자신감을 잃고 자포자기한 삶을 살기도 합니다. 한순간의 고통에서 벗어나기 위한 이런 생각은 상처를 잘 아물게 하지도 못할 뿐더러 종국에는 큰 흉터를 남깁니다. 이별의 흉터가 없을 수는 없겠지만 아픔보다 더 큰 흉터가 남는 것은 피해야 합니다. 아픔만큼의 딱지가 앉고 깨끗이 그 딱지가 떨어지게 하기 위해서는 현실을 있는 그대로 받아들여야 합니다.

지금 나의 마음과 몸짓을 하나하나 알아차리는 과정을 계속하다 보면 긴장된 온몸의 힘이 이완을 통해 쭉 빠져나가면서 "아, 나의 상실감이 이렇게 크구나."라는 통찰과 함께 계속 눈물이 흐르게 됩니다. 그리고 "아, 나의 슬픔이 이렇게 깊구나."라는 반응과 함께 마음속에 이는 분노, 좌절, 실망 등 지금 내가 느끼고 있는 모든 감정을 하나하나 받아들이게 됩니다. 아픔을 아픔으로 알고, 슬픔을 슬픔으로 아는 것은 우리의 마음속 아픔과 슬픔이 병이 되지 않고, 힘이 되게 하는 가장 기본적인 일이며 이별로 인해 고통 받는 이들을 치료하는 좋은 약이 됩니다. 이런 받아들임 끝에 순간순간 감정들이 소멸해 가는 것을 느끼고, 몸이 변화하는 것을 느끼게 되면서 자신의 '진짜몸'을 바로 보게 됩니다.

두 번째는 '애도 기간 설정'과 '기다림'입니다. 일반적으로 사별 치유의 시작 시기는 사별 후 2~3주경에 이루어지는 것이 좋다고 봅니다. 사랑하는 이를 보내고 난 직후는 사별자에게 현실감이 거의 없는 시기여서 치유적 수용력이 현저히 떨어진다고 합니다. 2~3주가 지나게 되면 가족과 친지의 지지가 감소되고 홀로 남게 되어 상실감으로 인한 극도의 슬픔이 자각되면서 치유의 필요성을 납득하게 된답니다.

애도 기간은 49일도 좋고 100일도 좋고 그 이상도 좋습니다. 애도 기간이란 이별이란 상황을 본인 스스로 충분히 겪어 내고 자신 안에 머무는 죽은 영상을 몰아내서 깊은 상처를 남기지 않기 위한 시간을 말합니다. 상대를 온전히 추억하고 나와 세상을 다시 돌아

볼 시간이 어느 정도 필요한지에 따라 기간을 설정하면 됩니다.

물론 애도의 기간은 충분히 길게 가지면 가질수록 좋습니다. 시간이 오래 지나도 잊지 못하고 있다고 자책하는 것은 상실감으로 타격받은 자존감에 더 큰 충격을 남깁니다. 그래서 애도 기간은 기다림을 동반자로 삼고 있는 것입니다. 1년도 좋고 2년도 좋습니다. 충분한 시간을 '나는 아파해도 된다.' 라고 생각하고 이 시간동안 내 안에서 발생하는 감정과 생각, 영상들을 하나씩 놓아 보내는 것입니다.

기다림은 '계속하는 것' 입니다. 사별의 슬픔을 극복하는 데에는 최소한 1~2년이 걸리는 것은 기본이고 3년 이상 걸릴 수도 있습니다. 그사이에 기억에 묻어 있는 감정을 꾸준히 놓아주고 충분히 다루어 주면 됩니다. 스스로가 충분히 슬프다는 점을 인정하고 충분히 자신을 사랑해 주는 것입니다.

"어떤 슬픔도 고정된 실체가 아니라 잠시 일어났다 사라지는 것…. 세상에서 제일 소중한 나, 세상의 모든 고통과 슬픔, 아픔과 괴로움에서 벗어나기를…. 세상에서 가장 멋진 나, 평화롭고 안락하고 행복하기를…."

이와 같은 상실감 치유 주문을 계속하게 되면 슬픔이 조금씩 잦

아들고 어느 날 문득 떠나는 상실감이 손을 흔들며 사라지는 것을 마주하게 됩니다. 그 순간부터 자신을 묶었던 모든 사슬에서 풀려나 열린맘으로 온 세상과 살게 됩니다.

아래의 이야기는 상실감 다루기의 대표적인 사례 중에 하나입니다.

"미칠 듯이 보고 싶어요. 그냥 그래서 왔어요."

소중한 인연을 잃어버리고 충격에서 벗어나지 못하여 상실감에 시달리다가 온 내담자가 있었습니다. 내 탓이라는 자책과 동반된 죄책감, 어찌할 줄 모르는 혼란과 분노, 슬픔이 범벅이 되어 지옥과 같은 나날을 보내고 있다고 합니다.

"마음이 많이 아프시죠?"

감정에 초점을 두고 무겁게 입을 열자 너무 견디기 힘들고 더 이상 떨어질 수 없는 최악의 상태라며 눈물을 보였습니다.

잠시 기다리다가 말문을 이었습니다.

"먼저 애도 기간을 설정해 보세요. 49일도 좋고 100일도 좋고 그 이상도 좋습니다. 상대를 온전히 추억하고 나와 세상을 다시 돌아볼 시간이 어느 정도 필요한지 생각해 보세요."

그리고 지도를 꺼냈습니다.

"추억이 깃든 장소를 표시해 보세요. 처음 만났던 곳도 좋고 다투었던 곳도 좋고 서로의 마음을 다시 확인했던 장소도 괜찮습니다. 일부러 기억하지 않아도 떠오르며 잊으려 해도 잘 잊혀지지 않는 특별한 장소라면 더욱 좋습니다."

곰곰이 생각하다 포스트잇을 붙이던 내담자의 손등 위로 뚝뚝 눈물이 떨어졌습니다. 이어서 시간 여행을 떠났습니다.

"이제 타임머신을 타고 추억의 장소로 떠납니다. 눈을 감고 그때 그 순간으로 돌아가 보겠습니다.

그곳에 도착하셨으면 주변 사물과 인사를 나누세요. 그리고 그것이 전하는 소리에 귀를 기울여 주세요. 육신은 떠나도 바람과 햇살에 실린 추억은 바람과 갈망을 파장으로 만들어 귀를 흔들고 마음속 화면을 영상으로 채우게 됩니다. 촉촉이 비 오던 곳이라면 그 장면으로 마음 밭에 물을 주세요. 눈물샘의 마중물도 좋습니다. 눈두덩이 아리도록 우셔도 됩니다."

내담자는 펑펑 울다 흐느끼다 한숨짓기를 반복합니다. 장소를 몇 군데 더 떠올려 충분히 재경험을 하게 한 후에 다음 단계로 넘어갔습니다.

"풍선을 두 개 준비했습니다. 하나에는 상대방이 못 이룬, 그분이 하고 싶었지만 다하지 못했던 일을 바람에 실어 불어 넣으세요. 그리고 겉면에 함께하지 못해 아쉬운 점을 써 주세요. 또 하나에는 나의 열망을 불어 넣어 주시기 바랍니다. 그리고 겉면에 둘이 함께 여서 좋았던 점을 작성해 주세요."

눈두덩은 부었지만 눈빛은 초롱해진 내담자는 이제야 조금 안정을 찾은 듯 보입니다.

"다음 순서는 서원지 쓰기입니다. 앞으로 나는 어떤 삶을 살 것인지 계획을 세우고 그것을 잘 실천하겠다는 맹세를 하는 순서입니다."

설명에 이어 구체적인 목표를 설정하게 하고 실행해야 할 주요 항목을 우선순위를 매겨 적어 보게 했습니다. 서원지는 두 장을 만들어 하나는 보관합니다. 때때로 중도에 포기하고 싶을 때 하늘과 땅을 잇는 소통의 솟대로 여겨 다시 마음을 챙기는 계기가 되기도 하고, 삶의 현장으로 돌아가 제대로 적응하고 상실감에서 놓여난 시점에 다시 와서 웃으면서 회수해 갈 수 있기 때문입니다. 아래는 서원지 내용의 일부입니다.

오늘 바람이 나에게 전해 주는 소리를 들었어요. 눈이 무겁게 오던 날 함께하면 참으로 쉽다던 패기를 기억합니다. 지금 당신은 곁에 없지만 당신이 남겨 준 모든 것이 나를 살게 하네요. 이제 두 발로 땅을 딛고 용기를 내어 당신이 못 다한 많은 것을 이루어 보려고 합니다.

풍선을 날리고, 멀리 보고 걷는 내담자의 한결 가벼운 어깨가 눈에 들어옵니다. 모든 아픔에서 벗어나 행복하기를 바라는 마음 실어 보냅니다.

09

미친 듯 바위를 때리는 쏴아 물소리
옆 사람 말소리조차 들리지 않네.
혹여 속세의 시비 소리 듣게 될까
물소리로 산을 모두 막아 버렸나.

최치원

성원

제주도 약천사 주지 스님입니다. 경상남도 해인사에서 혜인 스님을 은사로 수계 득도했습니다. 해인사 승가대학을 졸업한 후 구족계를 수지했습니다. 전라남도 순천 송광사 선원 수선사를 시작으로 수선안거. 뉴질랜드 오클랜드로 가서 은사 스님을 도와 환희정사를 창건했습니다. 2003년 송광사 율원을 졸업했습니다. 2005년 충청북도 단양 광덕사 주지를 지냈고, 2008년에 제주 약천사 주지로 취임했습니다.

작은 사랑 큰 웃음소리

살아가는 것은
노래하는 일이다
주변에 흐트러진
사람들의 이야기를
나만의 아름다움으로
노래하는 일이다

사랑한다는 것은
노래하는 일이다
여태 알지 못했던

가슴의 뜨거운 열기를
하늘 가득 뿜어내며
밤마다 그의 꿈을
노래하는 일이다

살아가는 것은
노래를 듣는 일이다
지친 삶의 날개를 접고
황혼에 서 있을 때
조용히 나를 위해 불러 주는
그의 노래를
내가 듣는 일이다

사랑한다는 것은
노래를 듣는 일이다
눈빛만 봐도
목소리만 들어도
온통 나를 알아 버린
나를 위해 부르는

그의 노래를
내가 듣는 일이다

사랑 없이 살 수 없고
살아서 사랑할 수 있는
지금 나에게는
살아가는 것과
사랑한다는 것은
똑같은 일이다.

더없이 행복하고 아름다운 밤입니다. 아스라이 먼 우주의 어둠을 여행하던 작은 별빛 하나가 고즈넉한 산사에 수줍게 내려앉다가 누군가의 눈빛과 마주합니다. 어쩌면 이 만남은 수백 년 전 그 빛이 자신의 별자리를 떠날 때부터 예견되었는지도 모른다는 생각에 고운 별의 상념에 젖어 봅니다.

별 하나와의 만남도 이러하듯이 수많은 사람들이 살아갔고, 살고 있는 이 지구라는 행성에 함께 태어나 그 숱하게 스쳐가는 인연의 바람결에서 서로의 향기를 느끼며 손잡는 인연을 만나기란 그리

쉽지만은 않을 것입니다.

우리의 만남은 어쩌면 2,546년 전에 저 먼 히말라야 설산에 살았던 한 수행자의 영롱한 눈빛에서 잉태되었을지도 모른다는 생각이 듭니다. 천상천하 그 어느 빛보다 아름답고 뚜렷하게 빛났던 고오타마 싯다르타. 그 자비의 눈빛에서 우리 인연의 끈은 시작되었습니다.

얼굴을 마주하고 기쁨을 나눈 사람과 먼 인연의 끈을 놓지 아니하고 멀리서 함께해 준 고마운 인연이 참으로 많습니다. 그들의 따스한 마음이 진정 함께하는 하루. 바로 부처님 오신 날입니다.

산하에 어둠이 묻어 내릴 때 동리의 작은 사원마다 삼삼오오 모여서 함께 제등행렬을 합니다. 석가모니불. 정근하는 목탁 소리로 이웃을 깨우고, 부처의 지혜를 상징하는 불빛을 나눕니다. 비록 작은 암자에서 펼쳐지는 어린아이들의 잔치지만 세상에서 가장 행복한 부처님 오신 날을 엮어 갈 수 있어서 감사합니다.

문득 종일 모여 놀고도 지칠 줄 모르는 어린이들과 끝내 쉰 목소리에 침을 삼키면서도 개구쟁이들을 이끌어 준 지도 교사들의 모습이 눈에 선히 들어옵니다. 참으로 아름답습니다.

체벌이 교육계의 화두가 되었습니다. 교육은 개개인이 보다 나은 사회적 지위를 확보하는 기회가 되기도 하고 사회적 입장에서 보면 우리 사회가 필요로 하는 인재를 양성하는 가장 효과적인 방법입니다. 하지만 자신이 소속되어 있는 사회가 요구하는 목표나 지향하는 바와 개개인의 그것이 다를 때 문제는 심각해집니다.

또 하나의 문제는 사회가 교육을 통해 지향하는 바에 무관심한 피교육생을 학습에 집중시키는 일은 사실 불가능에 가깝습니다. 언젠가 한번 자신이 체벌한 학생에 대해 그 정당성을 주장하는 교사가 어느 인터넷 사이트에 올려 둔 글을 보고 반대 의견을 올렸다가 수십 차례 공방을 한 적이 있습니다. 개인적으로 체벌을 전적으로 부정하지도 않지만, 그렇다고 체벌이 정당하다고 하는 데는 동의하지 않는 입장입니다.

당시 공방 중에 체벌 교사가 '자신들이 지금까지 체벌을 받으며 교육받아 왔기 때문에 그렇게 교육시킨다.' 라고 우격다짐 비슷한 주장을 하여 그만 아연질색하고 논쟁을 그만두어 버렸습니다. 큰 의미로 보면 체벌도 보다 나은 교육을 위한 한 방편일 수 있습니다. 하지만 사람의 정신적, 지적 수준을 향상시키기 위해 육신을 볼모로 길들인다면 그 방법은 부정되어야 마땅할 것입니다.

사실 자비를 최고의 덕목으로 지향하는 우리 승단에서도 체벌에 대한 비인격적인 요소를 강하게 부정하지 못하는 것으로 압니다. 사실 승가교육에서 직접적인 체벌은 없다고 할 수 있을지 몰라도 육체적 교통을 감내하게 하는 일이 많은 것은 사실입니다.

강원에서 교육을 받을 때 참회라는 이름으로 자행되는 그러한 준 체벌 행위가 정말 싫었습니다. 스스로 성인이라는 인식 때문에 심리적 고통이 더 큰 것이라는 생각도 해 보았습니다. 하지만 어떠한 경우에도 자비문중에서 있어서는 안 될 일이라는 데는 지금도 그 소신이 변함없습니다. 다행히 당시 젊었고 긍정적인 사고를 가졌기에 부정하고 싶은 육체적 고통의 현실 앞에서 늘 다짐하곤 했습니다. 언젠가 내가 교육자의 입장이 된다면 어떤 경우라도 육체적 고통을 감내시켜 교육 효과를 향상시키려고 하지는 않을 것이라고 맹서하고 맹세했던 기억이 생생합니다.

체벌이 사회적 관심사였을 때 여러 교사들과 대화하다 보니 '체벌 없이 어떻게 요즘 아이들을 가르칠 수 있느냐.' 라고 강하게 부정하는 견해가 많았습니다. 그 말에 반발해 '체벌에 의존하지 않고 학습시킬 수 없다면 교직을 떠나라.' 고 놀렸던 기억이 납니다. 좀 무리한 표현이었던 것은 사실이지만 교사들도 체벌에 대한 인식을 바꿀 필요가 있다고 봅니다.

중국에서는 체벌이 거의 없습니다. 물론 넓고 다양한 민족들로 구성되었기 때문에 단정적으로 말하기는 어렵지만 대부분의 학교에서는 체벌이 없습니다. 물론 학생들이 인격적으로 성숙해서 그런 것이 아닙니다. 중국에 있을 당시 하교하는 길거리에서 당당히 담배를 피우며 돌아다니는 중고등학생도 많이 보았습니다. 하지만 그들이 그러한 학생들을 체벌 없이 교육시키고 있다는 사실을 우리는 직시해야 할 것입니다.

교육 체벌은 옛 훈장 시절에도 있었지만 지금의 교내 체벌은 일제 강점기를 통해 마치 우리 문화인 양 깊이 자리 잡힌 게 사실입니다. 보다 중요한 것은 폭력적인 체벌에 노출되어 교육받은 학생들이 사회에 나와 쉽게 폭력성을 받아들이는 것입니다. 사회적 합의야 어쨌든 불자들은 비폭력, 비체벌을 지향해야 할 것입니다.

우리들이 최고 인격체로 생각하는 부처님은 중생을 체벌 없이 가르치지 않았던가요! 체벌 없이 후학을 가르칠 수 있어야 참다운 불제자라고 할 수 있지 않겠습니까.

부처님 오신 날. 대자원 어린이들과 교사들의 웃음소리가 자꾸 들려옵니다. 정말 세상에서 제일 듣기 좋은 하모니입니다. 저들은 매로 벌을 주지도 않고, 주려는 마음도 없어 보입니다. 부처님을 알아 자비의 의미를 가르치고 배우는 사람들이라 서로서로 마음을 열고 이끌어 주시고 아이들은 잘 따라옵니다.

작은 물방울이 모여 큰 그릇에 가득 차듯이 작은 사랑이 많이 모일 때, 비로소 우리들 서로서로가 인연이 닿은 이 아름다운 행성 지구는 우주에서 가장 밝은 빛을 전하는 별이 될 것이라 믿습니다. 그러기 위해 체벌이 아닌 진실한 사랑을 주어야 합니다. 그래야 그들의 얼굴 표정이 환해집니다. 어린 소년 소녀들의 눈동자에 빛을 전하는 일이 어찌 작은 일이겠습니까.

이제 다시 한번 자비의 마음을 일구어서 고개 돌려 살펴보기 바랍니다. 부처님은 자비를 전하는 누군가를 찾아서 축복하고, 늘 그들을 보살펴 줍니다. 그런 믿음을 수많은 불자들에게 전하는 것이 이 생에 내가 가진 유일한 꿈입니다.

10

열다섯 살 어여쁜 소녀
남부끄러워 말없이 이별하고서
돌아와 덧문을 닫아걸고는
배꽃 위의 달을 향해 눈물짓네.

임제

성전

불교방송 〈행복한 미소〉를 진행하는 스님입니다. 태안사에서 청화 스님을 은사로 출가했습니다. 해인사에서 발행하는 월간 《해인》의 편집장을 역임했습니다. 2009년 황석영, 신경숙과 함께 교보문고가 선정한 10대 스타작가에 선정됐습니다. 불교계를 대표하는 문장가로 평가받고 있습니다.

이해와 사랑의 마음

태풍이 왔습니다. 밤새 나무들이 바람에 울고 문이 덜컹거렸습니다. 자다 말고 일어나 얼마나 강한 바람인가를 느끼기 위해 문을 열고 추녀 끝에 나가 서 보았습니다. 태풍이 몰고 온 비바람에 내 옷과 몸이 흠뻑 젖고 말았습니다. 비바람을 맞으며 나는 바람 소리를 들었습니다. 거칠고 빠른 바람의 몸짓은 무엇이든 거침없이 밟고 지나갈 것만 같았습니다.

바람은 이렇게 변해 있었던 것입니다. 그 부드러운 추억의 언어로 다가와 아련한 시간의 삶을 일깨워 주던 그 바람이 아니었습니다. 나는 젖은 몸의 물기를 털며 들어와 잠자리에 누워 밤새 비바람이 와 때리는 덜컹이는 문소리를 들어야 했습니다.

태풍이 지난 다음 날 아침 바다를 향해 가는 산길에 부러진 나뭇가지가 널브러져 있었습니다. 그러나 하늘은 청명하게 맑았습니다. 하늘에서는 태풍의 흔적조차 찾을 길 없었습니다. 밤새 울던 천둥과 번개는 어디로 간 것일까요? 하늘에서 나서 그것들은 이 땅의 저 부러진 나뭇가지가 되어 버려진 것일까요? 밤새 몸살을 앓던 하늘의 저 청명함은 어디서 오는 것일까요?

나는 사람의 마음으로 하늘을 해석하기 시작했습니다. 우리는 얼마나 좁은가요. 하찮은 말 한마디 잊지 못하고 살아가는 것이 우리들의 삶입니다. 작은 손실 하나 입으면 밤새 잠 못 자고 끙끙거리다 뜬눈으로 밤을 새우고 마는 것이 우리의 피곤한 삶입니다. 잠 못 이루는 사람에게 밤은 길고 피곤한 자에게 길은 멀다는 말은 바로 우리들의 좁은 소견의 삶을 이르는 경구이기도 합니다.

우리는 그렇게 삽니다. 우리는 상처와 손실의 노예가 되어 삽니다. 분노와 어리석음과 탐욕의 노예가 되어 산다는 것을 부정하기는 쉽지 않습니다. 우리가 분노에서 깨어나고 상처에서 회복되기에는 실로 오랜 시간이 소요됩니다. 살아서 그것에서 벗어나지 못하고 생을 떠나는 삶의 주인공이 바로 '나' 인지도 모릅니다. 그래서 우리들의 삶은 슬픈 것이기도 합니다. 버리고, 지우고, 잊기에는 너무 좁은 마음이 그려 가는 삶은 언제나 회색빛 톤의 우울함을 벗어나지 못합니다.

내가 살아가면서 꾸는 꿈 하나가 있다면 상처로부터, 분노로부터 빨리 벗어나는 것입니다. 그런 것에 오래 머물러 고통스러워하는 자신을 보고 있으면 자신이 너무나 싫어집니다. 마치 20여 년을 수행한 삶의 성적표를 받는 것만 같아 두렵기까지 합니다. 내 삶에 대한 넋두리, 내 삶에 대한 자괴가 그때처럼 솟구쳐 오르는 적은 없습니다. 왜 잊지 못하고, 왜 웃으면서 화해하지 못하는 걸까요. 그 자괴를 통해서 나는 하나를 배웠습니다. 좁은 마음이란 미움과 증오만 있고 사랑과 이해는 없는 마음이라는 사실을요. 사랑과 이해에 눈뜨기까지 나는 얼마나 오래 좁은 마음의 횡포를 감내하고 살아야만 하는 것일까요. 그리고 내 좁은 마음의 폭력으로 또 주변 사람은 얼마나 오래 가슴앓이를 해야만 하는 것일까요.

토요일 오후에 작가 한 분이 아내와 함께 절에 왔습니다. 그는 아마 소설 집필 중인 것 같았습니다. 자료를 찾기 위해 위쪽 암자에 갔다가 내려오는 길에 절에 들렀나 봅니다. 봄볕이 연두색 잎을 그린 봄날에 산중에 사는 처사와 스님은 차를 마시며 이런저런 이야기를 나누었습니다.

그가 서울을 떠난 지는 11년이 되었습니다. 가장 큰 변화는 육식을 못하게 된 것이랍니다. 글도 변했다고 합니다. 많이 부드러워지고 여백을 지니게 되었다는 것입니다. 나는 무척 긍정적인 변화라고 생각했습니다. 산중에서 20년을 넘게 살아도 나는 내게서 그리 큰 변화를 발견하지 못하고 있습니다. 그의 11년의 삶이 어쩌면 내 20여 년의 삶보다 더 진실했던 것은 아닌가 싶은 생각이 들었습니다. 그는 눈빛이 차분했고 말투에도 고요함이 묻어 있었습니다. 반은 침묵이 전제된 그런 어투였습니다.

그는 책 한 권에 사인을 해서 내게 주었는데, '평상심이 도'라는 글도 함께 적어 주었습니다. 우리 옛 조사들은 삶의 그 어느 것 하나도 도 아닌 것이 없다고 했습니다. 그 글귀는 그가 조사들의 정신을 좇아 살고 있다는 의지의 표현이라고 나는 생각했습니다. 우리 일상의 마음이 도가 아니라면 우리들 삶의 평화는 과연 가능한 일이겠습니까. 길을 잃은 마음은 부딪히고 피 흘리게 되어 있습니다. 차선을 벗어난 자동차의 질주와 길을 잃은 마음의 질주가 과연 무엇이 다르겠습니까. 마음이 길을 벗어나지 않을 때 평화는 찾아오고 마음이 길을 벗어날 때 분열이 찾아오는 법입니다.

이기적인 마음, 인내하지 못하는 마음은 다 길을 벗어난 마음입니다. 그 마음의 끝은 어디겠습니까. 평상심이 도라는 말은 추상적인 개념이 아닙니다. 그것은 우리 삶의 기본이 되는 진실과 진정성을 말하고 있을 뿐입니다. 언제나 삶에 진정성을 지니는 태도는 얼마나 아름다운가요. 그것이 바로 도가 아니던가요.

진정성을 지닌 사람들의 삶은 절집의 툇마루와 같을 것인지도 모릅니다. 툇마루는 사람과 자연을 이어주는 가교의 역할을 합니다. 사람들은 절집의 툇마루에 앉아 하늘을 보고 연둣 빛으로 물들어 가는 숲을 보고 계곡의 물소리를 들으며 마음의 안정과 평화를 얻습니다. 이것이 툇마루가 가지는 미덕입니다.

나는 우리 출가 수행자의 삶도 툇마루 같아야 한다고 생각합니다. 출가한 스님들 역시 번뇌와 열반의 가교로 또 분쟁과 평화의 가교로 존재해야 한다고 믿고 있습니다. 끝없이 인내하고 끝없이 이해하며 삶이 빛나는 자리를 만들어 가는 것이 우리 출기자들의 모습이어야 한다고 정의하고 싶습니다. 절이 싫으면 중이 떠나라는 말 역시 개인을 인내해 전체의 평화를 지켜야 한다는 말에 다름 아닙니다. 그때 비로소 우리는 툇마루와 같은 가교의 역할을 하게 되는 것입니다.

툇마루는 건물에 붙은 작은 마루입니다. 그것은 작은 몸으로 무거운 무게를 견디며 사람들에게 자연에 이르는 길을 열어 보여 주고 있습니다. 가끔은 무게를 못 이겨 삐걱거리며 말입니다. 자신을 이긴다는 것은 쉬운 일이 아닙니다. 그래서 인내는 가장 역동적이고 아름다운 수행이기도 합니다.

작가 부부는 법당 앞 봉서루 툇마루에 앉아 오래도록 법당을 바라보았다고 합니다. 너무 아름다워 아무런 생각도 할 수가 없었다고 합니다. 생각이 온통 하얗게 지워지는 것이 산사라는 사실을 새롭게 깨달았다고 합니다. 한 생각도 일어나지 않는 그 순간을 그들은 툇마루에 앉아 만난 것입니다.

내 산중의 삶은 어떤가요? 과연 툇마루와 같나요? 욕망을 이기고 해탈로 나아가고 있나요? 아니면 이 세상 사람들에게 성스러운 삶의 모습을 열어 보여 주고 있나요? 나는 다만 11년을 산중에 산 작가 부부 앞에서도 부끄러웠을 뿐입니다. 진정으로 삶을 이해하려는 부부의 모습이 아름다웠습니다.

부부가 산길을 내려가고 난 후 나 역시 산길을 건너 바다로 내려갔습니다. 산사와 바다 사이에는 오래된 부락이 있습니다. 그 오래된 집들의 역사처럼 이 마을을 떠나지 못하고 사는 사람들이 있습니다. 가진 것 없어 웃음마저도 가난해 보이는 사람들. 웃음마저 가난해 보여 그 웃음이 더욱 진실되어 보이는 사람들. 그 사람들을 나는 바다로 가는 길에서 자주 만납니다. 때로는 밭에서 허리 굽혀 일하고 있거나 밭 어귀에 앉아 담배를 피우곤 하는 모습과 마주치기도 합니다. 모두 다 정다운 삶의 표정입니다.

길을 걸으며 마주 달려오는 경운기를 만났습니다. 늙은 남편은 경운기를 몰고 늙은 아내는 경운기 뒤에 올라 손잡이를 잡고 있습니다. 시속이 얼마쯤일까요. 그 시속은 두 사람의 표정을 보기에도 충분할 만큼 더딥니다. 간간이 쌩쌩 지나가는 차 옆으로 경운기는 마치 굼벵이처럼 달립니다. 그 속도에도 무서운 듯 늙은 아내는 손잡이를 꽉 잡고 경운기 뒤에 걸터앉아 있습니다. 그래도 늙은 아내의 표정에서는 뿌듯함이 엿보입니다.

여든이 넘은 남편이 여직 자신을 태우고 이 길을 달린다는 사실이 마냥 좋기만 하다는 표정입니다. 경운기를 모는 늙은 남편도 아주 우쭐하며 좋아합니다. 아직은 끄떡없다는 듯 늙은 남편은 경운기에 속도를 더합니다.

'어때, 내 아직 젊지.'

그렇게라도 말하듯 늙은 남편의 얼굴에는 자신감에 차 있습니다. 나는 길 한편에 서서 그들의 표정을 유심히 보았습니다. 느린 속도지만 그 속도가 그들에게는 아주 빠른 속도였고 늙은 몸이지만 그들에게는 아직은 젊은 몸이었습니다. 그들은 차의 고속을 부러워하지도 않았고 늙은 몸을 한탄하지도 않았습니다. 절을 내려와 바다로 가는 길에서 나는 얼마나 그들을 자주 만났던가요. 가끔 인사를 건네면 손을 흔들어 보이던 노인의 그 발랄함. 그에게 늙은 아내는 너무나 사랑스러운 젊은 날의 각시로 여전히 남아 있는 것만 같았습니다. 경운기를 모는 그들의 표정에서 나는 행복을 발견합니다. 그들은 진정 자신이 가지고 있는 것을 사랑할 줄 아는 사람들입니다.

행복하기란 얼마나 쉬운가요. 자신이 지니고 있는 것을 사랑하기만 하면 됩니다. 시골의 촌로도 하는 일을 도시의 사람들은 못합니다. 가난한 시골의 촌로도 하는 일을 부유한 사람들은 차마 못합니다. 만약 누군가 행복하지 않다면 그는 자신이 가지고 있는 것을 사랑할 줄 모르는 사람입니다. 자신이 가지고 있는 것을 사랑하지 못하고 또 다른 것을 찾아 밖을 서성이는 사람입니다. 밖에서 무언가를 찾는 일은 또 얼마나 힘든 일입니까. 설사 또 무언가를 찾아 거머쥔다고 해도 그는 여전히 그것까지도 사랑하지 못한 채 또 다른 무언가를 찾기 위해 동분서주하게 될 것입니다. 그는 자신이 가진 것을 사랑하지 못함으로 불행한 사람으로 남게 될 것입니다.

나는 내게 있는 것들을 사랑하고 있는지 묻곤 합니다. 내가 가진 것 중에는 즐거운 것도 있고 괴로운 것도 있고, 아주 가치 있는 것도 있고 쓸모없는 것도 있습니다. 그러나 나는 이러한 모든 것을 좋고 나쁜 것으로 나누려고 하지 않습니다. 내게 있는 기쁨뿐만 아니라 슬픔과 괴로움까지도 사랑하려고 합니다. 그 모든 것은 내가 살아 있음으로 만날 수 있는 것이기 때문입니다. 만약 내가 존재하지 않는다면 괴로움과 슬픔까지 만날 기회조차 없었을 것입니다. 행복만이 아니라 어쩌면 슬픔과 고통까지도 삶의 선물인지도 모릅니다. 생의 힘든 시간이 찾아 올 때마다 나는 이 사실을 떠올리기 위해 노력합니다.

행복한 촌로들의 표정 앞에서 나는 이 사실을 다시 한 번 확인합니다. 깊은 주름에 은은하게 배인 그 미소. 그 미소는 결코 많은 재물이나 젊음이 준 것은 아닙니다. 그 미소는 자신이 가진 것을 진정 사랑하기에 지을 수 있는 것입니다.

행복하기란 얼마나 쉬운가요. 불행하게도 우리는 그 쉬운 일을 하지 못하고 있습니다. 현명한 사람은 해야 할 일을 하고 어리석은 사람은 하지 말아야 할 일을 합니다. 그러고 보면 촌로는 현명한 사람이기도 합니다. 저토록 쉽게 행복을 만나는 촌로의 그 마음자리가 나는 문득 부럽습니다.

고개를 들어 하늘을 보면 하늘의 맑음이 새롭게 다가옵니다. 간밤, 그 무서운 천둥과 번개의 흔적을 지우고 한없이 맑게 웃고 있는 하늘을 보며 넓은 마음의 의미를 깨닫습니다. 넓은 마음이란 이해와 사랑의 마음이라는 것을요. 마음이 넓을 때 그 무엇도 자취를 남기지 않는다는 사실을 태풍이 지나간 하늘을 보며 나는 배웁니다. 우리는 좁은 마음으로 상처를 안고 살아가고, 하늘은 넓은 마음을 지녔기에 어떠한 상처도 이내 지우고 환하게 웃을 수 있는 것입니다. 넓은 마음의 하늘이 좁은 마음의 내게, 꿈이 됩니다.

11

나 이외의 다른 것에서 구하지 말라.

까마득히 나와는 멀어지나니

나 이제 홀로 가나니

가는 곳마다 그를 만나게 되리라.

동산양개

송강

서울 강서 개화사 주지 스님입니다. BBS 불교방송 〈자비의 전화〉와 BTN 불교방송 〈송강 스님의 기초교리 강좌〉를 진행했으며, 불교신문 〈신 백문백답〉을 연재하여 심금을 울리는 깨달음을 전했습니다. 현재 불교신문 〈마음으로 보기〉를 연재 중입니다.

환한 빛과 따뜻한 손길

나는 어릴 적부터 혼자 있는 것을 좋아해서 부모와 형제가 있는 위채가 아닌 아래채의 방에서 혼자 공부하고 잤습니다. 그러던 어느 날 고열에 시달리며 악몽을 꾸게 되었습니다. 누구나 한 번쯤 경험해 봤음직한 것으로, 어둠 속에서 끝없이 추락하는 꿈이었습니다. 떨어지다가 바닥에 부딪쳐야 공포심이 덜한데, 끝없이 떨어지다 보면 점점 공포심이 가중되어 거의 미칠 지경이 됩니다. 아마도 참 오랫동안 비명을 질러 댔나 봅니다.

그러던 어느 순간 캄캄한 어둠 속에서 환한 빛과 함께 손이 나타나더니 나를 붙잡았습니다. 그 순간 추락하던 것도 멈추고 공포심도 사라졌습니다. 그리고는 곧 포근한 느낌이 들었습니다. 눈을 떠

보니 어느 틈엔가 보모가 아래채로 내려와 있었습니다. 어머니가 나를 꼭 안고 있었고 내 이마에는 시원한 물수건이 놓여 있었습니다. 나는 더 이상 악몽을 꾸지 않고 달콤한 잠을 잘 수 있었습니다. 아마도 부모님은 밤을 새웠겠지요.

어느 날 부처님이 제자들과 길을 가시다가 뼈가 쌓여 있는 것을 보고는 큰절을 올렸습니다. 제자들은 깜짝 놀라 연유를 물었습니다. 그러자 다음과 같이 설명했습니다.

"여기 이 뼈의 주인이었던 이들은 모두 한 번쯤은 나의 부모였다. 그러니 부모에게 절을 하는 것이 이상할 것이 있겠는가. 그대들은 이 뼈를 보고 남자와 여자의 뼈를 가릴 수 있겠느냐? 희고 무거운 뼈는 남자의 것이고, 검고 가벼운 것은 여자의 것이니라. 여자는 임신을 하고 아이를 낳아 젖을 먹이게 되는데, 이는 마치 자신의 피를 먹이는 것과 같기에 뼈는 가벼워지고 검게 변하게 되는 것이니라."

자식에게 부모는 존재 이유입니다. 요즘 로봇의 연구가 활발한데 사람처럼 걷게 하는데도 몇 조 원이 들지 정확하게 모른다고 합니다. 또 우리 몸의 세포 하나하나를 1원씩만 따져도 대략 100조원 정도의 가치가 있다고 하지요. 게다가 다른 사람과 구분이 되도록 독특한 모양으로 만들어 주었으니 얼마나 위대한 능력입니까. 특히 어머니는 몇 개월 동안 우리를 몸속에서 키워야 하는 불편을 겪어야 하고, 낳아서도 젖을 먹이는 등 헌신을 통해 비로소 사람 구실을 할 수 있게 해 줍니다. 그러니 모든 어머니를 가히 성모라고 칭해도 되지 않겠습니까.

대승보살은 자신의 해탈뿐만 아니라 타인의 해탈까지 이루려 합니다. 그것이 가장 평화롭고 아름다운 불국토를 이루는 지름길입니다. 우리가 흔히 말하는 발심은 대승보살의 마음을 낸다는 뜻입니다. 진정한 발심은 나와 남이라는 차별이 사라져야 되겠지만, 그것이 쉽지 않다면 모든 이들이 언젠가 한번쯤 나의 어머니였다고 생각해 보십시오. 자신을 위해 그토록 헌신적이셨던 어머니가 힘들어하는데 모른 체하고 있을 수 없지 않겠습니까.

사실 자비의 화현인 관세음보살은 어머니의 사랑을 극대화한 것이라고 할 수 있습니다. 우리가 어머니에게 받은 무한한 사랑을 다른 사람에게 되돌리려는 것이야말로 대승보살의 정신입니다.

예전에 비해 너무나 살기 좋아진 요즘, 어쩐 일인지 스스로 목숨을 포기하는 이들이 속출하고 있습니다. 이유야 많겠지만, 정말로 부모의 은혜를 생각이나 해 본 것일까요? 사실 우리의 삶은 너무나 많은 이들의 도움 속에서 가능합니다. 환경적인 혜택까지 배제한다면 혼자서 할 수 있는 일은 거의 없다고 해도 과언이 아닐 것입니다. 그럼에도 불구하고 자신의 어려움에만 집착하여 수많은 은혜를 저버리고 많은 사람을 가슴 아프게 합니다.

한번쯤 생각을 바꿔 보세요. 다른 사람을 위해 마음을 열어 보세요. 아마도 자신이 처한 상황이 별 것 아님을 깨닫게 될 것입니다. 지금 사찰에서는 백중 기도가 진행되고 있습니다. 영단에 모신 수많은 영혼은 영겁의 생을 돌면서 다 인연을 맺은 이들일 테지요. 깊이 감사하는 뜻을 염불에 실어 왕생극락을 발원합니다. 그 마음으로 대문 밖을 봅니다. 거기 또 무수한 손길이 천수관음보살의 화현으로 다가옴을 볼 수 있습니다. 아, 모든 생명에게 감사하세요.

12

대나무 그림자가 섬돌을 쓸어도
먼지 한 점 일어나지 않고
달빛이 연못 바닥까지 이르러도
물 표면엔 흔적조차 없구나.
야보도천

원철

조계종 불학연구소 소장인 스님입니다. 해인사로 출가했습니다. 해인사, 은해사, 실상사, 동국대학교 등에서 경전과 선어록을 연구하고 가르치면서 일간지와 각종 매체 그리고 불교계지에 대중성과 깊이를 갖춘 글을 꾸준히 발표해 왔습니다. 〈월간 해인〉편집장을 지냈으며 조계종총무원 신도국장, 기획국장, 재정국장을 거쳤습니다.

달빛 사랑

저녁 무렵 낙산사에 도착했습니다. 어둠이 내리면서 수평선 너머 둥근달이 이내 하늘 속으로 두둥실 떠오릅니다. 겨울, 차가운 달이 푸른 파도 위에서 금빛 물결이 부서지는 장관을 연출합니다.

송강 정철은 〈관동별곡〉에서 이 광경을 "이렇게 좋은 세상을 다른 모든 이에게 보여 주고 싶구나."라고 했습니다. 맛있는 음식이나 아름다운 경치를 만나면 사랑하는 가족 혹은 마음에 두고 있는 이가 생각나기 마련입니다. 그건 인지상정입니다.

하지만 반대로 당나라 백낙천 거사는 "늘어선 사람들이여! 달빛을 보지 말라. 세상의 티끌이 맑은 빛을 더럽힌다."라고 하여 바라보는 이의 오염된 마음과 욕심 어린 마음이 그 아름다운 경관을 혹여 더럽힐까 봐 노심초사했던 것입니다. 그 경치를 고이고이 영원히 아껴 두고 싶은 심경을 대변했습니다.

낙산사의 월출 역시 혼자 보기에는 너무 아까웠지만 그렇다고 해서 아무에게나 보여 줄 수 없는 이중성을 지닌 그런 광경이었습니다.

팔짱을 낀 연인이 깔깔거리며 저만치서 오가는데 소나무 아래에서 혼자 망연히 달을 바라보고 있는 이도 더러더러 보입니다. 하긴 보름달이야 매달 그날이 오면 늘 뜹니다. 그런 까닭에 달이 문제가 아니라 누구랑 함께 보느냐 하는 것이 더 중요하다고 했습니다. 하지만 제대로 달을 보려면 혼자서 바라보는 게 제격일 겁니다. 오지 않는 변심한 임을 원망하는 것이 아니라 오히려 달을 보며 스스로를 위로할 줄 아는 지혜를 가진 조선 여류 시인 능운의 절제된 감정 처리 내공도 함께 터득할 일입니다.

달 뜨면 오신다고 임은 말했는데
달이 떠도 임은 오시지 않네
생각건대 틀림없이 임 계신 곳은
산이 높아 달이 늦게 뜨는 까닭이지요.

바다 위 보름달을 보니 저절로 수월 보살과 만월 보살로 이름 붙인 이유를 제대로 알 것 같습니다. 단순한 무정물인 달이 아니라 은근한 빛으로 온 세상을 가만히 밝혀 주는 어머니의 자비로운 모습이었던 것입니다.

《벽지불인연론》에 나오는 월출은 바라나국의 왕이었습니다. 그가 태어날 무렵에 달이 떠올랐다고 하여 그 이름을 갖게 되었습니다. 그 달을 바라보던 부모님의 순간적인 귀한 감동의 느낌을 저렇게 왕자의 이름으로 영원히 남겼을 것입니다. 돈황 근처 명사산에 있는 초승달 모양의 오아시스를 월아천이라고 작명한 그도 그랬을 것입니다.

일행과 함께 여장을 풀었습니다. 저녁 먹고 차 마시고 이런저런 이야기를 두런두런 나누다 보니 자정 무렵이었습니다. 잠을 청하기에는 바깥 경치가 너무 아까워 혼자 천천히 홍련암으로 갔습니다. 관음보살이 해변가 굴속에 항상 머물고 있는 까닭에 창건주 의상대사가 그 위에 암자를 지었습니다. 바닥에는 손바닥 두 개만 한 여닫이 쪽마루를 만들어 누구나 열고서 관음굴을 친견할 수 있도록 배려했습니다. 그러나 요즈음 그 면적만큼 유리로 바꾸었는지라 여닫는 수고 없이도 곧바로 볼 수 있도록 해 놓았습니다. 하지만 그만큼 운치는 없어진 느낌입니다. 해변 쪽에서 이 건물을 바라보면 절벽 위에 매달려 있는 누각처럼 보입니다. 법당 밖 돌기둥 난간에 턱을 괴고 서서 한참동안 하늘과 바다, 달을 번갈아 나누어 응시하다가 또 동시에 전체를 조망하면서 달빛을 만끽했습니다.

원숭이가 달을 건지려고 애쓰는 모습을 선가에서는 노월이라고 합니다. 그 옛날 선정에 든 수행자의 모습에 반해 버린 날아다니는 새는 아름다운 꽃을 물어다 주었고 걷는 짐승들은 향기로운 과일을 가져다 놓았습니다. 하지만 원숭이는 그래도 명색이 영장류인지라 무언가 차별된 튀는 선물거리를 찾던 중 그때 마침 물속에 비친 아름다운 보름달을 발견하게 되었습니다.

"그렇다. 바로 저거야! 저걸 가져다드리자."

그리하여 500마리의 원숭이는 나무 위에서 서로서로 손을 잡고 연못으로 내려갔습니다. 제일 끝의 원숭이가 달을 잡기 위해 물에 손을 넣었습니다. 그러나 물결이 흔들리자 달이 사라져 버렸습니다. 잠시 후 잔잔해지니 또 달이 나타나는 것이 아닙니까. 또 손을 집어넣었지만 달은 다시 사라졌습니다. 이렇게 수십 번을 반복했습니다. 이처럼 수행이란 원숭이가 끊임없이 달을 건지려고 애쓰듯이 자꾸자꾸 노력하는 그 자체인 것입니다.

조주선사에게 달밤에 어떤 납자가 물었습니다.

"밝은 달이 하늘에 떠 있을 때는 어떻습니까?"

"아직 계단 아래 서 있는 놈이구나."

"선사께서 계단 위로 이끌어 주십시오."

"달이 지거든 나를 만나러 오거라."

달 때문에 '한 생각'을 일으킨 '덜 떨어진 놈'에게 달이 지면 저절로 그 한 생각이 없어질 것이라는 말씀입니다. 하긴 그때가 되면 따로 스승을 만날 필요조차 없어집니다.

《삼국사기》를 저술하여 딱딱한 논리적 실증적 문체를 보여 준 역사가 이미지의 김부식도 이곳 낙산사에서는 그답지 않게 관음의 진리를 논했습니다. 나도 그의 시를 읊조리며 관음이 낙산으로 온 뜻을 찾아봐야겠습니다.

단숨에 스스로 올라가 해안 높은 곳에 임하여
고개를 돌려 보니 다시는 지난 속된 수고가 없어지는구나.
대성인의 두루 통하는 진리를 알고자 하여

산 아래 부딪히는 성난 파도 소리를 들어 본다.

나도 모르게 발걸음이 보타전을 지나 해수관음상을 돌아 원통보전을 지나고 있었습니다. 야보도천선사는 이런 경우를 '어떤 때는 달이 하도 좋아 창주 땅을 지나가는 줄도 몰랐다.' 라고 한 모양입니다. 홍예문을 돌아 넓디넓은 경내를 한 바퀴 돌고 나니 볼 끝이 발그레해 옵니다.

그제야 따끈한 방 생각이 났습니다. 그래도 마저 남은 달빛의 미련은 방문을 열어 놓고 보다가 파도 소리와 함께 잠을 청하면 될 것 같습니다.

13

청산은 날 더러 말 없이 살라 하고
창공은 날 더러 티 없이 살라 하네.
사랑도 벗어 놓고 미움도 벗어 놓고
물처럼 바람처럼 살다 가라 하네.

나옹선사

월호

쌍계사 승가대학 교수 겸 서울 송파구 행불선원 원장 스님입니다. 동국대학교 선학과에서 박사 학위를 받고 쌍계사 조실 고산 큰스님 문하로 출가했습니다. 쌍계사 승가대학을 졸업하고 제방 선원에서 정진하였으며 고산 큰스님으로부터 강맥을 전수받았습니다. 불교방송 〈당신이 주인공입니다〉를 진행했습니다. 현재 불교TV 〈스토리텔링-삶은 환타지다〉를 진행하고 있습니다.

행복도 내 작품

그럼에도 불구하고 우리는 행복합니다. 행복도 내 작품입니다.

언젠가 이 세상에 없을 당신을 사랑합니다, 하고 말하면 왠지 마음이 애틋해집니다. 우리가 행복해지기 위해서는 서로 사랑해야 합니다. 이 말은 행복 창조의 주제이기도 합니다. 행복도 내 작품이라는. 바로 이런 주제를 가지고 웰빙을, 살림살이를 챙겨 나가다 보면 우리는 웰다잉과 웰빙을 준비하게 됩니다.

행복도 내 작품입니다. 부처님이 금강경을 설하신 의미는 우리에게 공사상을 연구하라는 의미가 아닐까 생각합니다. 우리를 행복하게 해 주기 위해서 말입니다. 행복에는 일시적인 행복과 궁극적인 행복이 있습니다. 일시적인 행복은 부귀영화를 통해 누릴 수 있을지 모르지만 궁극적인 행복은 다릅니다. 궁극적인 행복은 생사윤회의 단꿈에서 벗어나는 것입니다. 이 생사윤회의 단꿈에 젖어 있는 한 윤회의 수레에서 벗어날 수 없기 때문입니다. 한마디로 좋은 꿈을 꾸려고 하지 말고 꿈에서 깨도록 하자는 말입니다. 나도 꿈에서 깨고 남도 꿈에서 깨도록 도와주자는 것이지요.

좋은 꿈을 꾸려 하지 말고, 꿈에서 깨도록 하자.

이것이 바로 《금강경》의 핵심 사상입니다. 복을 구하기 위해서 절에 다니는 분이 많습니다. 하지만 복과 도는 분명히 다릅니다. 경전에 이런 예가 나옵니다.

달마 대사가 양무제 앞에 나타났을 때 양무제가 말했습니다.

"제가 수많은 절을 짓고 탑을 쌓았습니다. 또한 경전을 서사하고 스님들을 출가시켰습니다. 공덕이 얼마나 되는지요?"

달마 대사가 대답했습니다.

"없다."

양무제는 도대체 무슨 말인지 이해가 되지 않았습니다. 그래서 달마 대사를 그냥 보내 버렸습니다. 그리고 얼마 지나지 않아 지공화상이 와서 그 얘기를 전해 듣고 양무에게 이런 이야기를 했습니다.

"아이고, 그분이야말로 관세음보살의 화신입니다. 빨리 모시고 오십시오."

그러나 때는 이미 늦어 오시지 않았습니다.

이렇듯 복과 도는 다른 것입니다. 복덕과 지혜를 둘 다 갖춘 분이 바로 부처님입니다. 그래서 우리가 부처님을 따르는 것이지요. 기왕 부처님을 따르기로 마음을 먹었다면 우리도 부처님처럼 복덕과 지혜를 함께 닦아야 합니다. 복덕만 구한다든가 지혜만 구한다면 그것은 부처님이 가지고 계신 수많은 자량을 우리가 부분만 가져다 쓰려는 것에 지나지 않습니다.

부처님께서는 수많은 자량을 우리에게 아낌없이 나눠 주고 쏟아 붓고 계십니다. 그런데 우리가 스스로 문을 닫고 조그만 것에 만족해서 그것에만 매달리며 산다면 얼마나 안타까운 일입니까. 그래서 한편으로는 복덕을 짓고, 또 한편으로는 지혜를 개발해야 하는 것입니다. 이것이 바로 마음공부와 보시복덕입니다. 마음공부를 하면 보시복덕을 짓는다는 것이지요.

경전에 수보리존자가 부처님께 질문을 합니다.

"부처님과 같은 최상의 깨달음을 얻으려면 어떻게 해야 합니까?"

"첫째, 일체중생을 제도하리라. 둘째, 머무는 바 없이 베풀리라."

이것을 실행하라고 했습니다. 이 두 가지만 하면 최상의 깨달음을 얻는 것입니다. 얼마나 좋은 일입니까. 용맹정진은 안 해도 좋습니다. 삼천 배도 안 해도 좋습니다. 절에 매일 안 와도 좋습니다. 단 이 두 가지만 하면 됩니다.

항상 입으로 행하는 데 마음에 사무치지 않습니다. "일체중생을 제도하겠습니다." 하고 마음에 사무쳐야 합니다. 그래야만 자신이 삶을 어떻게 살아야 될지 알게 되는 겁니다. 중생제도를 하는 데 일단 사랑하는 마음이 있어야 제도가 됩니다. 중생을 바라볼 때 "아, 저분도 언젠가 이 세상에 없을 분이구나." 이런 마음이 들어야 애틋함이 일고, 저분께 내가 부처님 말씀을 전하고 밥 한 그릇이라도 사줘야겠다는 마음이 생기는 것입니다. 그래서 다른 사람들을 볼 때 또 부인이건, 남편이건, 부모님을 볼 때 사랑하는 마음을 연습해야 일체중생을 제도하리라는 원이 조금씩이라도 실현되는 것입니다.

언젠가 이 세상에 없을 부모님을 사랑합니다.

언젠가 이 세상에 없을 남편을 사랑합니다.

언젠가 이 세상에 없을 부인을 사랑합니다.

언젠가 이 세상에 없을 나 자신을 사랑합니다.

자신을 사랑할 줄 아는 사람이 남도 사랑할 줄 아는 겁니다. 자신을 사랑하고 공경하는 마음을 연습하지 않는 사람은 남에 대한 사랑과 공경심이 생길 수 없습니다. 그래서 나와 남을 정말 사랑하는 불교야말로 진정한 사랑의 종교인 것입니다.

요새는 사랑의 종교는 다른 종교고 불교는 지혜, 마음공부 얘기만 하는데 불교는 정말 자비의 종교입니다. 자비야말로 진정한 사랑입니다. 자慈는 내 말을 잘 듣고 순종하는 이를 어여삐 여겨 사랑하는 것이고, 비悲는 나를 안 믿고 거역하는 사람을 가엾어서 사랑해 주는 겁니다. 그러니 결국 누구나 다 사랑해 주는 것입니다. 이것이 바로 진정한 사랑입니다. 자신의 말을 잘 들으면 사랑해 주고, 잘 듣지 않고 거역하면 지옥에 처넣는 게 아닙니다. 그것은 종교가 없는 사람도 누구나 할 수 있는 일입니다. 그래서 일체중생을 다 내가 사랑하리라는 마음을 먹어야 합니다. 왜냐하면 모두 언젠가 이 세상에 없을 사람들이기 때문입니다.

만약 남편이 언젠가 없어진다고 생각하면 마음이 애잔하죠? 시한부 인생이라고 생각하면 더 애잔하죠? 그러니까 남편이 얄미워도 언젠가 없을 사람이라고 마음먹으면 잘해 줘야겠다는 생각이 들 겁니다. 얼마 지나지 않아 못 보게 되니까 나중에 후회하지 말고 지금 잘해 주자는. 그런데 정말 오는 데는 순서가 있지만 가는 데는 순서가 없습니다. 언제 어느 때 떠나게 될지 아무도 알 수 없는 일입니다.

부처님 당시 탁발을 나갔다 돌아오는 길에 마하다나라는 상인을 보게 되었습니다. 그 상인은 바라나시에 큰 축제가 열려서 물건을 떼다 팔았는데 생각 외로 잘 팔렸습니다. 그래서 얼른 가서 또 물건을 떼 가지고 오는데 이미 축제가 끝나 있었습니다. 상인은 다음 축제가 있을 때까지 기다렸다가 마저 팔고 가자고 생각했습니다. 그런데 부처님이 보니까 생명이 일주일밖에 남지 않은 겁니다. 그래서 아난존자를 시켜 상인이 하고 싶은 일이 있으면 일주일 안에 할 수 있도록 말을 전하셨습니다. 죽으면 할 수 없는 일이기에 살아 있는 동안 그 일을 하게 하신 겁니다. 우리가 몸뚱이를 받아 나온 이유가 바로 그것입니다. 몸뚱이로 부딪히면서 체험하고 학습하기 위해서입니다.

그런데 이 세상에 와서는 공부하러 온 것은 까맣게 잊어버리고 이제 어떻게 하면 좋은 걸 먹고 입을까, 그리고 우리 자식은 더 잘 살게 해 줄까만을 고민합니다. 이런 애착심만 연습하면 공부가 안 되는 겁니다.

아난존자가 말씀을 전하니 상인이 소스라치게 놀랐습니다. 그리고는 일주일 동안 부처님과 비구스님들에게 공양을 올리고 또 법문을 듣고, 그다음에 법문 들은 것으로 마음 수행을 했습니다. 일주일 뒤 상인을 떠났습니다. 그는 죽자마자 도솔천에 태어났다고 되어 있습니다. 그러니까 진정으로 보시복덕을 짓고 마음공부를 하면 그런 분들은 죽자마자 도솔천이나 도리천으로 갑니다. 사십구재가 필요 없는 것입니다.

또 아주 악랄한 짓을 거듭한 사람도 사십구재가 필요 없습니다. 죽자마자 바로 지옥으로 가기 때문입니다. 그래서 극선자와 극악자는 다 필요 없고 어중간한 사람들에게 사십구재가 필요한 겁니다. 보시복덕을 짓고 마음공부를 잘하면 사십구재는 필요 없습니다.

부처님 당시 난디아라는 바라나시에 대부호가 있었습니다. 그 사람은 큰 부자였는데 부처님으로부터 수도원을 지어서 상가에 바치면 큰 복이 된다는 말씀을 듣고 자기 재산으로 이시빠따나 숲에 마하위하라라는 이름의 수도원을 건립해서 그 수도원을 부처님과 승단에 바쳤습니다. 그런데 재미있는 사실은 부처님 제자 중 신통제일의 제자 하마목갈라나 목건련존자가 천상세계에 갔는데 난디아장자를 위한 대저택이 이미 갖춰져 있는 겁니다. 집만 있는 게 아니라 살림살이가 모두 갖춰져 있는 겁니다. 그래서 마하목갈라나가 부처님께 찾아와 말했습니다.

"부처님. 난디아장자는 아직 죽지도 않았는데 지금 저 위 천상세계에 대 저택은 물론이고 살림살이까지 구비되어 있습니다. 이것이 가능한 일입니까?"

부처님이 말씀하셨습니다.

"여래의 아들이여. 너는 왜 그같이 묻는 것이냐? 네 눈으로 직접 난디아를 위해 준비된 모든 것을 보지 않았느냐? 천상세계는 착하고 너그러이 베푸는 사람을 기다리기를 마치 집을 떠난 자식을 학수고대하는 가족들과 같이 하는 곳이다. 인간관계에서 착한 행동을 하며 공덕을 지은 사람이 수명이 다하여 죽게 되면 천상에서는 그를 즐겁게 맞이하느니라."

신기한 일입니다. 법구경에는 뭐라고 나왔냐면, "훌륭한 저택과 그에 따르는 물건과 가구들까지 준비될 수 있겠습니까?"라고 씌어 있습니다. 그러니까 살림살이 일체가 준비되어 있던 게 사실이라고 생생하게 남아 있습니다.

그리고 아누룻다존자의 동생인 로히니공주도 있습니다. 그녀는 공주의 신분이었지만 문둥병에 걸려 무척 괴로운 삶을 살았습니다. 그녀의 오빠 아누룻다존자가 말했습니다.

"네가 지금 이렇게 문둥병에 걸려 고생하는 것은 과거의 업장 때문이다. 그러니까 지금이라도 큰 공덕을 지어서 업장을 희석시키도록 해라."

공주는 오빠의 말을 듣고 당시 절에 없던 공양간을 짓고 공양간이 지어지는 동안 공주가 몸소 절에 가서 화장실 청소며 설거지를 하는 등 지금의 행자 생활을 했습니다. 자신이 궂은일을 도맡아 한 것입니다. 직접 절에 가서 일을 하면서 업장소멸이 되었습니다. 도량을 청소하는 것은 내 마음을 청소하는 겁니다. 수행이라는 것은 마음가짐으로 하는 것이지 가부좌를 틀고 앉아 있다고 수행이 되는 것은 아닙니다. 심지어 부처님 당시에도 목욕으로 깨달음을 얻은 스님이 있습니다.

발타라존자는 십육나한님 중 한 분입니다. 그분은 어찌나 목욕을 좋아했는지 하루에도 30번, 40번씩 목욕을 했다고 합니다. 심지어 목욕하다 공양 시간에 늦는 경우도 있었고, 부처님 법문 시간에 늦는 경우도 있었습니다. 잠을 자는 6시간을 빼고 30분에 한 번씩 목욕을 했습니다. 지각을 많이 하자 제자들이 부처님께 말씀드렸습니다. 그래서 부처님께서 발타라존자를 부릅니다.

"네가 정말 목욕을 그렇게 자주한다는 데 사실이냐?"

부처님은 꼭 당사자에게 사실을 확인하십니다. 남의 말만 듣고 판단하는 분이 아닙니다.

"네, 맞습니다. 사실입니다. 목욕을 하면 몸이 개운하고 기분이 좋아지며 더위도 피할 수 있어 너무 좋습니다."

그러자 부처님께서 말씀하셨습니다.

"그러면 앞으로 목욕할 때마다 몸뚱이만 닦을 게 아니라 마음을 닦아다는 마음가짐으로 목욕을 하거라."

목욕을 못하게 한 게 아니라 목욕을 하는 데 몸만 닦는 게 아닌 마음을 닦으라고 하신 겁니다. 그래서 발타라존자는 이후 목욕을 할 때마다 몸이 아닌 마음을 닦는다는 생각을 가지고 아라한과를 얻은 것입니다. 이 이야기는 실화입니다.

옛날 사례담에 보면 목욕하다 깨달은 사람, 걸어가다 깨달은 사람 등 여러 가지 다양한 유형의 깨달음이 나옵니다. 그러니까 우리

나라에도 설거지하다 깨달은 사람이 나타나야 됩니다. 또는 빨래를 하다가 깨달은 분이 나와야 합니다. 다만 설거지할 때 마음가짐을 마음 그릇을 닦는다는 생각으로, 빨래할 때는 자신의 마음을 정화한다는 마음가짐으로 하면 되는 겁니다.

로히니 공주가 그렇게 청소하고 설거지하고 궂은일을 도맡아하다가 마침내 공양간이 완성된 날 문둥병이 낳았다는 사례담이 있습니다. 공주는 피부가 전처럼 뽀얗게 바뀌었다고 합니다. 왜냐하면 공덕을 쌓아 업장이 소멸되었기 때문입니다. 업장소멸을 부처님께 "제 업장을 소멸시켜 주십시오." 하고 구걸한다고 소멸되는 게 아닙니다. 공덕을 쌓아야 업장이 소멸되는 겁니다. 그래서 부처님께서 로히니 공주를 불러서 얘기했습니다.

"네가 왜 문둥병으로 그렇게 고생을 한 줄 아느냐?"

그리고는 전생담 이야기를 해 주었습니다.

로히니 공주는 전생에도 왕비였다고 합니다. 어느 날 왕궁에서 무도회가 있었습니다. 무도회 때 어떤 무희가 춤을 췄는데 아주 멋있게 잘 춘 겁니다. 그날 밤 왕하고 눈이 맞아 왕이 왕궁으로 안 들어오고 그 무희와 밤을 보낸 겁니다. 질투심에 왕비는 그다음 날 무희를 불러 그녀의 몸에 까완초가루를 뿌렸습니다. 까완초는 몸에 굉장히 지독한 가려움을 유발하는 식물가루입니다. 하인들을 시켜서 무희 몸은 물론이고 침대, 옷장에 모두 까완초가루를 뿌리게 했습니다. 무희는 피부가 벗겨지며 엄청난 고통을 호소했습니다. 그 과보로 문둥병에 걸렸다고 설명해 주었습니다. 남의 피부를 괴롭게 만들었으니 그다음 생에 되돌려 받은 것이라고요. 그런데 금생에 공양간을 짓고 그곳에서 청소며 궂은일을 도맡아 한 공덕으로 과거의 업장이 소멸된 것입니다.

우리가 이 세상을 살아가는 데 여러 가지 중요한 것이 있겠지만 무엇보다도 공덕을 쌓으면서 살아가는 것이 중요합니다. 부처님한테 복덕을 구걸할 것이 아니라 공덕을 내가 스스로 지어야 되는 겁니다. 공덕 중에 최상의 공덕은 무엇입니다. 마음공부를 하고 보시복덕을 짓는 것이 최상의 공덕입니다. 또 마음공부를 하는 도량에서 보시복덕을 짓는 것이야말로 직간접적인 공덕이 됩니다. 우리가 다른 사람들을 볼 때 항상 "언젠가 이 세상에 없을 당신을 사랑합니다."라는 마음가짐으로 꾸준히 사랑하는 연습을 해야 합니다. 왜냐하면 우리는 누구나 언젠가 이 세상에 없을 시한부 인생이기 때문입니다.

웰다잉의 세 단계가 있습니다. 첫째, 생천 하늘나라에 태어나는 것. 둘째, 불생 안 태어나는 것. 셋째, 원생 서원으로 태어난 것입니다. 웰빙에도 세 단계가 있습니다. 첫째, 부귀영화가 웰빙입니다. 둘째, 진정한 웰빙은 부귀영화가 아니고, 무아법을 체험하는 것입니다. 이것이야말로 최상의 웰빙입니다. 내가 있기 때문에 고통과 괴로움이 있는 겁니다. 그런데 무아체험을 하게 되면 고통과 괴로움에서 완전히 벗어나게 됩니다.

참선을 하다보면 어느덧 내가 사라집니다. 화두일념에 들면 몸뚱이가 있는지 없는지 느껴지지 않는 경계가 옵니다. 그래서 참선도 초보 때는 10분, 20분, 30분, 1시간만 앉아 있어도 다리가 저리고 허리가 아프지만 마하반야바라밀을 염하면서 그 소리를 듣고 성품을 돌이켜 듣는 방법으로 하다보면 어느덧 마하반야바라밀을 염하는 이와 듣는 이가 하나가 됩니다. 그때 비로소 몸뚱이가 안 느껴지고 몸뚱이 착이 쉬고 그다음에는 분별심이 쉬게 되는 겁니다. 몸뚱이 쉬고 분별심이 쉬면 본마음자리만 남는 겁니다.

이 세상은 세 가지로 이루어져 있습니다. 첫째 본마음, 둘째 마음, 셋째 몸입니다. 본마음자리에서 한 생각 일으켜서 마음이 나왔고, 마음이 똘똘 뭉쳐서 물질세계 몸이 이루어진 겁니다. 본마음자리는 말하자면 순수 에너지와 같은 것입니다. 순수 에너지에서 파동이 일어나서 한 생각 움직여서 파동 에너지로 변한 게 마음입니다. 이게 바로 분별심입니다.

그리고 이 파동입자가 모여 에너지로 변한 게 몸뚱이입니다. 마음이 뭉쳐서 몸이 되는 겁니다. 그래서 형성된 순서는 본마음자리가 최고고, 거기서 마음이 일어났고 그다음에 몸이 생겼지만 소멸되는 순서는 반대입니다. 결합은 분해의 역순입니다. 생겨나기는 본마음자리에서 마음이 생겨났고 마음자리에서 몸뚱이가 생겨났기 때문에 없어지는 것은 몸뚱이 착이 먼저 없어지고 그다음에 분별심이 쉬고 본마음만 남는 겁니다.

남극, 북극 같은 곳에 가면 큰 바다가 있고 그 위에 빙산이 떠 있습니다. 물 위로 올라와 있는 빙산이 말하자면 몸뚱이가 되는 것이고 물밑에 가라앉은 부분이 분별심, 마음인 겁니다. 그래서 빙산은 물 위에 나온 부분과 물밑에 가라앉은 부분이 다 녹으면 바다로 돌아가는 겁니다. 그게 본마음자리입니다.

빙산이 생긴 곳은 바다입니다. 빙산도 역시 바다와 다른 게 아니라 녹아버리면 그대로 바다인 겁니다. 그게 바로 "두두물물이 부처

아닌 게 없다. 모두가 다 본마음자리에서 나왔다."는 말입니다. 우리가 이 세상을 살아갈 때 우리에게 주어진 몸과 마음을 잘 선용해서 써 나가면 그게 잘 사는 겁니다. 도를 찾아서 헤매지만 사실은 찾아 나설 것도 없다고 하는 겁니다.

제가 있는 하동 쌍계사에는 지리산과 섬진강이 있습니다. 그곳에서 조금만 따라 길을 내려가면 남해바다가 나타납니다. 제가 남해에 가끔 가는데 그곳에 갈 때마다 바다 속에 있는 물고기가 저에게 물어옵니다.

"스님! 바다라는 게 있다는 데 바다가 어떻게 생겼습니까?"

지리산에도 새들이 많습니다. 새벽이 되면 예불하고 좌선하고 앉아 있으면 대나무 숲, 소나무 숲에서 새들이 지저귀는 소리가 들립니다. 지상천국이 따로 없는 최상의 소리입니다. 그런데 새들이 또 가끔가다 저한테 물어옵니다.

"스님! 허공이라는 게 있다는 데 허공이 어떻게 생겼습니까?"

"야! 이놈들아. 네가 항상 거기서 날아다니고 헤엄치면서 바다를 묻고 허공을 묻느냐? 한껏 헤엄쳐 다니고 날아다니면 그것이 바로 허공을 쓰는 것이고 바다를 쓰는 것이다."

이렇게 이야기하면 잘 알아듣습니다.

행복도 내 작품입니다. 행복과 불행을 결정짓는 주원인은 바로 자신입니다. 바깥의 다른 상황은 연일뿐입니다.

"내가 인이요, 남이 연이다."

이것을 확실히 알면 됩니다. 인을 먼저 다스려서 연이 바뀌게 하는 것. 그것이 참다운 불자의 삶입니다. 내 마음가짐을 먼저 변화시키고 그래서 바깥 상황이 변할 수 있도록 이끌어 가는 것이 올바른 순서입니다. 인은 놔두고 연만 가지고 자꾸 시비하면 바뀔 수 없습니다.

남편에게 부인, 아이들에게 잔소리를 하면 그들은 이렇게 말합니다.

"너나 잘해라."

인은 안 다스리고 연만 가지고 흔들어 대는 너부터 잘하라는, 당신이나 잘하라는 말이 나오는 겁니다. 순서가 틀렸기 때문입니다. 우리 남편, 우리 부인, 우리 아이들 혹은 남을 변화시키고 싶다면 나부터 바뀌야 되는 겁니다. 인이 먼저 바뀌어야 연이 바뀝니다. 그래서 누군가를 바꾸고 싶다면 나부터 변해야 하는 겁니다.

불교는 변화를 사랑하는 종교입니다. 제행무상, 모든 존재는 변화합니다. 변화하는 것이야말로 진리입니다. 기왕 변할 바엔 변화를 기쁘게 받아들이고 긍정적인 변화를 해야 됩니다. 긍정적 변화는 변화를 넘어선 진화입니다. 그것이 바로 우리의 목표입니다. 금생에 인간의 몸을 받았으면 다음 생에 최소한 천상세계에 가야 되는 겁니다. 다음 생에 최소한 천상세계에 갔으면 그다음 생에는 최소한 해탈해야 되는 겁니다. 다음 생에 해탈했으면 그다음 생에는 최소한 원생, 보살도를 닦아야 되는 겁니다. 그게 바로 변화를 넘어선 진화입니다. 금생에 인간의 몸을 받았는데 다음 생에도 또 인간의 몸을 받고 지금보다 조금 나아졌다면 그것이 바로 긍정적인 변화입니다.

부정적 변화는 다음 생에 금생보다 더 못한 인간이 되는 겁니다. 축생으로 태어난다든가, 지옥으로 간다든가. 그래서 인간의 몸을 받았다가 다시 인간의 몸을 받기도 쉬운 일이 아니라고 하는 겁니다. 우리가 인간의 몸을 받았을 때 분발심을 일으켜서 "내가 인간의 몸을 받기도 쉬운 일이 아니라는데 인간의 몸을 받았을 때 얼른 불법을 공부해야 되겠구나."라는 마음을 가져야 합니다.

"인신난득이요, 불법난봉이며 대도난성이라."

이것이 불교의 삼난입니다. 세 가지 어려움의 첫째는 인간의 몸을 얻기 어렵고, 둘째는 불법을 만나기 어렵고, 셋째는 대도를 이루기가 어렵다는 것입니다. 그런데 이미 많은 분이 인간의 몸을 받고 불법을 만나고 대도에 한 발 두 발 가까워지고 있습니다. 행복을 창조하는 것입니다. 그러니까 하루에 최소한 세 번은 크게 웃어야 합니다. 웃어야 웃을 일이 생깁니다. 웃을 일이 생겨서 웃는 것은 누구나 할 수 있습니다. 하지만 먼저 웃어서 웃을 일이 생기게 만드는 것은 참다운 불자만이 할 수 있는 일입니다.

누가 나를 즐겁게 해 주기를 기다리지 말고 내가 먼저 남을 즐겁게 해 주자. 남편이 나를 즐겁게 해 주기를 기다리지 말고 내가 먼저 남편을 즐겁게 해 주자. 부인이 나를 즐겁게 해 주기를 기다리지 말고 내가 먼저 부인을 즐겁게 해 주자. 부모님이 나를 즐겁게 해 주기를 기다리지 말고 내가 먼저 부모님을 즐겁게 해 주자.

이것이 바로 주인공으로서의 삶입니다. 누가 나를 즐겁게 해 주기를 기다리는 것은 종된 삶입니다. 부처님에게도 마찬가지입니다. 절에 와서 그런 마음을 연습해야 합니다. 부처님께서 나를 즐겁게 해 주기를 기다리지 말고 내가 먼저 부처님을 즐겁게 해 드리자는 겁니다.

부처님 덕 보려 말고, 부처님이 내 덕 보게 하자.
마누라 덕 보려 말고, 마누라가 내 덕 보게 하자.
부모님 덕 보려 말고, 부모님이 내 덕 보게 하자.

이게 바로 주인공의 삶입니다.

지금까지 우리는 부처님 덕에 인간의 몸을 받았고, 불법을 만났고, 대도를 이루어 가고 있는 겁니다. 만약 부처님을 만나지 못했다면 어디쯤 가 있을까 생각하며 반성해 봅니다. '그럼 잘 태어나야 축생에 태어났겠구나. 지옥에 갈 수도 있었고. 그런데 다행히 부처님 법을 만나서 인간의 몸을 받고 또 이런 자리에 앉아서 잘난 척하게 되었으니 이게 다 부처님 덕분이구나.' 라고 생각해야 합니다.

지금까지 이만큼 부처님 덕을 입은 것만으로도 감사한데 뭘 또 바라겠습니까. 이제라도 부처님 덕 보려 말고, 부처님이 내 덕 보게 해야 합니다. 그런 마음가짐으로 부처님이 내 덕을 보게 하는 방법이 무엇일까 고민해야 합니다. 그것은 멀리 있지 않습니다. 또한 다른 게 없습니다. 아는 만큼 전하고 가진 만큼 베푸는 겁니다. 아는 만큼 불법을 전하는 것입니다. 행복은 창조하는 것입니다.

불교는 어려운 게 아닙니다. 아주 간단합니다.

"콩 심은 데 콩 나고, 팥 심은 데 팥 난다."

이 사실을 믿는 게 바로 불교를 믿는 겁니다. 콩을 심건 팥을 심건 무엇이 날지는 신에게 달려 있다, 부처님에게 달려 있다고 생각하는 건 불교를 믿는 게 아닙니다. 그래서 인과법을 믿고 고정된 실체로서의 나는 없다는 것을 알고 "나는 내가 만들어 간다. 행복도 불행도 내 작품이다. 내가 어떻게 마음을 쓰느냐에 달려 있다."라고 생각하는 게 불교를 믿는 겁니다. 그다음에 "텅 비었기 때문에 무엇으로든 채울 수 있다. 무엇으로 채울 것인지는 내가 결정한다. 내 선택이다."라고 믿는 게 불교를 믿는 겁니다.

불교를 제대로 알면 열심히 살 수밖에 없습니다. 콩 심은 데 콩 나고 팥 심은 데 팥이 나는 데 내가 얻고 싶으면 얼른 콩을 심어야지 누가 해 주기를 기다리거나 남한테 구걸하면 안 됩니다. 또 내 인생은 내가 만들어 가기 때문에 스스로 적극적으로, 능동적으로 살게 되는 겁니다. 열심히 살되 애착하지 않는 것, 그것이 바로 대승보살의 삶입니다.

그럼 어떻게 살아야 애착하지 않을 수 있을까요? 그것은 원을 세워야 합니다.

“부처님 감사합니다. 지금까지 보살펴 주신 것만으로도 감사합니다. 앞으로는 부처님 은혜를 갚겠습니다.”

법륜을 굴리는 것이야말로 부처님 은혜를 갚는 최상의 방법입니다. 다른 의미는 아무것도 없습니다. 법륜을 굴려서 중생들을 제도하기 위해 그분이 오신 겁니다. 부처님의 가르침을 세상에 퍼트리는 게 법륜을 굴리는 겁니다. 내가 직접 할 수 있으면 직접하고, 안 되면 하는 분을 도와드리고, 아니면 좋은 책이라도 권해 드리고, 방송이라도 듣게 하면 됩니다. 이것이 바로 법륜을 굴리는 것입니다. 내가 할 수 있는 만큼 하면 되는 겁니다.

“아는 만큼 전하고 가진 만큼 베푼다.”

법륜을 굴린 다음에는 행불을 해야 합니다. 행불을 한다는 것은 바로 열심히 살되 애착하지 않는 것입니다. 행복을 우리가 부처님께 구걸할 것이 아니라 내가 스스로 창조해 나가는 겁니다. 하늘은 스스로 돕는 자를 돕는다고 했습니다. 그럴 때 부처님도 우리를 지켜봐 주고 도와주시는 겁니다. 원을 세워 내가 실천해 나가야 합니다.

“행불하겠습니다. 행불하세요.”

14

누가 곤륜산의 옥을 쪼개
직녀의 빗을 만들었나요.
견우 도령과 이별한 뒤에
슬퍼서 하늘에 버린 거라오.
황진이

일선

거금도 금천선원장 스님입니다. 순천 송광사에서 법흥 대종사를 은사로 득도했습니다. 중앙승가대학을 졸업하고 제방선원에서 안거하며 정진했습니다. 다양한 모양과 이름을 등대로 밝혀 세상과 소통하는 섬 같은 사람이 되고자 20여 년 넘게 섬에서 수련회를 이끌며 간화선 수행 중입니다.

견우와 직녀의 사랑

오늘은 칠월 칠석입니다.

옛날, 하늘의 옥황상제 딸인 직녀라는 처녀가 문득 구름 아래를 내려다보다가 소를 치는 잘생긴 견우라는 청년과 사랑에 빠졌습니다. 둘은 사랑에 눈이 멀어서 하던 일을 소홀히 하고 맙니다. 결국 하늘의 노여움을 사서 일 년에 한 번인 칠월 칠석 전날 밤 하루만 만남이 허락되었습니다. 이들의 만남을 주선하기 위해 까마귀와 까치가 길을 만들었고 그것이 오작교입니다. 까마귀는 해를, 까치는 달을 상징합니다.

견우와 직녀라는 음과 양이 만나는 날. 칠월 칠석은 우리의 전통 발렌타인데이인 셈입니다.

일 년에 한 번 만남을 이루기 위해서 서로가 몸과 마음을 아름답게 가꾸고 단장을 해야 하니 견우와 직녀는 하루가 천년이 되는 수행자의 마음으로 기다렸을 것입니다. 그 긴 시간을 보내는 동안 어느새 설렘을 넘어 수행하는 정신을 배웠을 테지요.

남자는 바깥으로 향하는 본능이 있어서 활동적이고 지혜가 많으며, 여자는 안을 지향하는 성질이 있어서 정이 많고 안정적입니다. 선정과 지혜로 서로 조화롭고자 하는 것이 우리의 본래 마음인지라 남자는 밖에서 반쪽인 여자라는 인연을 가까이하고 싶어 합니다. 여자 또한 반쪽인 지혜로운 남성을 만나 정에만 치우쳐서 현명하지 못했던 마음을 가다듬어 아름다운 모성으로 거듭납니다. 이것이 남자와 여자가 조화를 이루는 단편입니다.

한편 자식을 차별 없이 사랑하는 모성은 일체 중생을 친자식으로 사랑하는 보살의 자비심으로 승화되어야 하는데, 그러려면 끝없는 단련이 필요합니다. 그래서 여자는 집안일인 선정의 본체에 충실하면서도 남자가 바깥일에 치우쳐 집안일을 무시하면 끝없이 바가지를 긁어 정과 혜를 균등하게 해야 합니다. 왜냐하면 너무 바깥일인 지혜에 치우치면 안정이 없어서 달뜨고, 혹시 바람이 나서 너무 멀리 나가 집을 잊어버리면 미아가 되어 돌아올 수 없기 때문입니다.

또한 남자는 선정의 본체에 치우치면 다정도 병이 되므로 끝없이 선정에 치우친 여성을 일깨워서 바깥일인 보살행을 실천하도록 인도해야 합니다. 그러면 선정과 지혜가 쌍수되어 남자와 여자, 성품, 셋이 하나이면서 셋이요, 셋이면서 하나가 되어 원만한 깨달음을 이루기 때문입니다. 이것이 금생에 남녀가 도반으로 만나서 사랑을 실천하는 모습입니다. 결국에는 사람으로 태어난 깊은 인연은 깨달음과 상통합니다.

견우와 직녀처럼 참으로 간절하고 진실한 남녀의 사랑은 깨달음의 세계로 인도합니다. 관세음보살의 모습이 비남비녀인 것은 이를 상징하고 있으며 그리하여 깊은 자비심이 넘쳐흐릅니다.

오늘날 남녀의 사랑은 조건을 보는 거래가 되었지만 그래도 진실한 사랑은 존재합니다. 조금 힘들고 경제적인 능력이 안 된다고 무시하고 서로 성격이 맞지 않는다고 헤어지는 오늘날의 사랑을 보면서 견우와 직녀의 사랑이 얼마나 소중하고 고귀한지 사뭇 깨닫습니다. 서로가 참으면서 익으면 자존심은 서게 됩니다. 자존심이 선 상태에서 사랑을 점점 익혀 간다면 진실한 사랑을 이룰 것이고 깨달음의 길로 걸어갈 수 있을 것입니다.

오늘이 칠석이라고 아랫마을에서 노 보살이 불공을 왔습니다. 관세음보살 앞에 엎드려, 어르신이 연세가 많아 누워 있는데 병수발을 하는 게 힘들고 지친다고 전생에 무슨 죄가 많아서 이렇게 힘드냐고 도와 달라 울음을 터트립니다. 한바탕 울어 버리고 나니 가슴에 맺힌 불덩어리가 풀려서 시원하다고 합니다. 어르신은 이제 아이처럼 보채고 조금만 떨어져 있어도 오해를 하거나 서운한 마음을 품어 자식들은 매우 힘들다고 하네요. 그래도 참고 관세음보살을 부르면서 임종을 잘 지키라고했더니 다시 힘이 난다고 하면서 자식들이 효자라서 어머니 마음을 알아주어 너무나 고맙다며 웃었답니다.

어머니의 깊고도 아름다운 사랑을 자식들이 조금이라도 본받아 가정을 지켜 나간다면 세상은 훨씬 더 편안해질 테지요. 부부가 인연을 맺게 된 것은 전생의 수많은 인연이 쌓인 덕분인데 조금 힘들다고 포기해 버린다면 또 다른 인연을 만나도 세상사 어려움은 끝이 없으리라 생각합니다.

포기하면 모성으로 향기가 나는 얼굴을 만들 수 없습니다. 금생에 사람으로 태어난 것은 고통을 참으면서 인욕하여 결국 깨달음으로 들어가라는 인연인 줄 안다면 견딜만 할 것입니다. 인생은 마디

마디 사연이 있어서 충분히 아름답게 자신을 단련시키는 법이니 극복하기 나름입니다.

행복과 불행은 따로 정해진 것이 아닙니다. 남녀 간에 진실한 사랑을 나누려면 끝까지 상대를 원망하지 않고 모든 허물을 자신에게 돌려야 합니다. 그것이야말로 수행의 하나인데, 수행에는 일체 거래라는 말은 있을 수 없습니다.

사랑. 가슴을 뜨겁게 만드는 견우와 직녀의 사랑을 나는 이곳 고향 땅에서 깨달았지요. 고향은 나에게 사랑뿐만 아니라 무수히 많은 진리를 가르쳐 준 터입니다. 나를 존재하게 만들어 준 근간이지요.

워낭소리 산을 넘고 물을 건너
그대에게 다가오면 고향 소식인 줄
바로 깨달아 더 이상 헤매지 마소.

고향을 찾아온 사람들이 떠난 적막한 도량에는 벌써 어둠이 내렸고 소리의 향연이 시작되고 있습니다. 온갖 풀벌레 소리와 파도 소리가 겹치고 있지만 반딧불이는 마치 지휘자처럼 이리저리 날며 들릴 듯 말 듯한 소리로 묘음을 연출해 냅니다.

잠시 펼쳤던 어록을 덮어 놓고 삼매에 들어 봅니다. 어느덧 일체 소리의 흔적이 끊어지고 나니 동산의 능선에서 달이 솟구쳐 오릅니다. 관음상 뒤 억새밭에는 헤아릴 수 없는 손들이 솟아올라 달빛을 맞이하고 있습니다.

누구네 집엔들 밝은 달, 맑은 바람 없으리.

《벽암록》에서

달은 점점 중천으로 떠오르다가 마치 큰 파도를 타는 듯 구름을 넘어 해맑은 얼굴을 드러내고 있습니다. 사람이면 누구나 가지고 있는 천진한 면목을 훤칠하게 보여 줍니다. 어느덧 선실에도 하나의 달이 들어오고 나무마다 차별 없이 걸려 있습니다.

달은 잘나거나 못난 사람, 아무리 가난하고 부자라고 해도 평등하게 비춥니다. 또한 큰 죄를 짓거나 학문이나 지위가 없어도 누구나 둥근달 하나씩을 품고 있어요. 사리 분별과 좋아하고 싫어하는 마음만 없으면 사람마다 차별 없이 가지고 있는 불성은 청풍명월과도 같아서 바로 드러나기 때문입니다.

누구나 고향을 그리워하고 때때로 찾아오는 이유는 순수하고 티 없이 맑은 본래 성품을 회복하고 싶어서일 것입니다. 만일 사람으로 태어나서 성품을 밝히지 못하면 밖에서 얻은 것이 아무리 귀한 보배일지라도 때가 되면 없어집니다. 그러면 고향을 등지고 객지에서 헤매는 나그네 신세와 같게 되어 찬바람이 불면 더욱 외롭고 쓸쓸한 마음을 어디에 둘지 모르게 되는 것이지요.

임제 스님이 말씀하기를 "땅, 물, 불, 바람 이 네 가지 요소는 법을 설할 줄도 들을 줄도 모르고 허공도 또한 그런데 다만 그대 눈앞에 홀로 밝으면서 형용할 수 없는 것만이 비로소 법을 설하고 들을 줄 안다."라고 했습니다. 여기서 형용할 수 없는 것이란 부처님의 모든 법인이며 우리의 본래 마음입니다. 그러나 사람들은 믿지 못하고 밖에서 그것을 찾으려고 합니다. 그래서 고인이 말씀하시기를 내가 그대에게 일러 주고 싶지만 그대가 믿지 않을까봐 두렵다."고 했습니다. 믿음을 성취하고 나면 오직 '이것' 뿐이기 때문입니다. 비록 어쩔 수 없어서 이것이라고 이름을 붙여도 고운 피부에 상처를 낸 것과 같고 아무리 좋은 금가루라 해도 눈에는 오히려 허공 꽃을 일으키니 일체 이름이 끊어졌기 때문입니다. 그러나 나타날 때는 여섯 가지의 문으로 나타나서 묘용이 자재하니 걸음걸음 달이

뜨고 맑은 바람이 일어납니다.

한 줄기 불어오는 청풍에 귀를 씻고 갈대밭에 떨어지는 달빛에 한 생각을 쉬고 나면 일시에 주객이 끊어지고 맑은 바람 둥근달이 한집안 소식임을 체험할 것입니다. 인간이 참으로 아름답고 귀하게 보일 때는 자연과 하나가 된 순간입니다. 이것은 불성이 온전히 발현한 농익은 모습이기 때문입니다.

옛날 우리 어머니가 한 그루의 나무, 돌 앞에서 두 손 모아 정성을 들였던 것은 여기에서 불성의 참모습을 보았기 때문입니다. 밝은 달과 맑은 바람뿐만 아니라 일체 생명은 불성의 나툼이어서 본래 둘이 아닙니다.

요즈음 세상살이가 참으로 어렵다고 합니다. 서로가 마음의 벽을 허물고 따뜻한 말 한마디 훈훈한 미소를 건네 보십시오. 가진 것이 없기에 줄 것도 없다고 하지만 이보다 더한 보시는 없을 것입니다. 그러면 어느덧 처하는 곳마다 맑은 바람이 불어오고 모두가 한 가족임을 깨달아 행복이 찾아오지 않겠습니까. 나는 고향에서 그런 마음과 진리를 깨닫습니다.

달은 어느덧 바다에 떨어져 해인삼매에 들고 있네요.

15

창문이 없어 대나무로 울타리를 삼았네.
명예와 이익을 따르는 저 사람들 우스워라
세월이 다하도록 바쁘게 달리기만 하네.
김효일

종광

경주 기림사 주지 스님입니다. 법주사에서 월산 스님을 은사로 출가한 것을 시작으로 40여년의 오랜 세월동안 수행에 정진해 왔습니다. 인재 양성에 뜻을 두어 법주사 불교전문강원 강주, 실상사 화엄학림 강주 등을 역임하며 뛰어난 학승들을 배출해 냈습니다. 현재 기림사 주지의 소임과 더불어 경주시장애인종합복지관장 및 학교법인 능인학원 이사장을 겸하는 등 적극적인 사회 활동으로 우리 사회 전체의 발전을 위해 헌신하고 있습니다. 2009년 지역의 장애인들을 위한 복리 증진에 크나큰 기여를 한 점을 인정받아 제29회 장애인의 날 대통령 표창을 받기도 했습니다. 나를 낮추고 이웃을 위해 봉사하는 참된 수행자로서의 삶을 살고 있습니다.

집착 없는 보시

"수보리여! 보살은 어떤 대상에도 집착 없이 보시해야 한다. 말하자면 형색에 집착 없이 보시해야 하며 소리, 냄새, 맛, 감촉, 마음의 대상에도 집착 없이 보시해야 한다. 수보리여! 보살은 이와 같이 보시하되 어떤 대상에 대한 관념에도 집착하지 않아야 한다. 왜냐하면 보살이 대상에 대한 관념에 집착 없이 보시한다면 그 복덕은 헤아릴 수 없기 때문이다. 수보리여! 그대 생각은 어떠한가? 동쪽 허공을 헤아릴 수 있겠는가?"

"없습니다, 세존이시여!"

"수보리여! 남서 북방, 사이사이, 아래위 허공을 헤아릴 수 있겠는가?"

"없습니다, 세존이시여!"

"수보리여! 보살이 대상에 대한 관념에 집착하지 않고 보시하는 복덕도 이와 같이 헤아릴 수 없다, 수보리여! 보살은 반드시 가르친 대로 살아야 한다."

중생들이 보시를 하는 이유는 무엇일까요? 아마도 몸의 단정함이나 오욕쾌락을 바라는 마음이 있기 때문일 것입니다.

'법당을 깨끗이 청소하면 얼굴이 예뻐진다더라. 또는 열심히 절을 하면 건강해진다더라.'

보시를 하면서 갖는 이런 마음이 바로 몸의 단정함, 즉 아름다운 외모를 위한 보시입니다. 그러면 오욕의 쾌락이란 무엇일까요. 우리는 기도를 할 때 반드시 무언가를 바라고 구합니다. 대개 우리의 욕망을 연장시키는 것들입니다. 많은 재물이 생기기를 바라고, 합격을 원하고, 수명장수를 기원합니다. 이것이 오욕의 쾌락입니다.

몸의 단정함과 오욕의 쾌락을 바라는 이런 보시는 그 과보가 다하면 다시 삼도에 떨어지게 됩니다. 결과적으로 보시를 하지 않았던 과거와 하등 차이가 없게 되는 것입니다.

부처님께서는 이런 까닭에 자비로운 마음으로 보시를 했다는 마음마저 없는 보시에 대해 말씀하셨습니다. 몸의 단정함과 오욕

쾌락을 구하지 않는 자비, 즉 내 것을 아끼고 탐하는 인색한 마음을 깨트려 모든 이웃에게 이익을 주는 자비가 제대로 된 자비라고 했습니다. 그리고 이와 같이 색에 머물지 않는 보시를 '부주색 보시'라고 가르치고 있습니다.

상이 없는 마음으로 보시해야 한다는 것은 보시한다는 마음도 없고 베푸는 물건도 없으며, 받는 사람 또한 가리지 않는다는 뜻입니다. 이것이 상에 머물지 않는 보시입니다.

보살이 보시를 행할 때 마음에 바라는 바가 없으면 그 복덕이 시방 허공과 같아서 가히 비교하고 헤아릴 수 없게 됩니다. 일설에 보시의 보는 넓다는 뜻이고, 시는 흩어 버린다는 뜻입니다. 풀이하면 능히 가슴 속에 망념과 습기, 번뇌를 흩어 버리고, 아상, 인상, 중생상, 수자상 등 네 가지 상을 끊어 없애 마음에 쌓아 두지 않는 것이 참된 보시라는 말입니다. 내 가슴속에 있는 나라는 생각이나 너라는 생각, 잘났다는 생각 등 이런 마음을 모두 벗어 버린 것이 보시입니다.

음식과 의복을 제공하고 도와주는 것도 보시입니다. 그러나 부처님은 참된 보시는 내가 가지고 있는 망상과 번뇌 이런 것을 모두 없애 가슴에 쌓아 두지 않는 것이라고 전합니다. 그러니까 누구를 미워하거나 증오하는 마음을 싹 비우는 것, 이것이 참된 보시라는 말입니다.

보시의 보에는 '널리 미치다.' 라는 뜻도 있습니다. 이는 육진의 경계에 머물지 않는다는 말로 색성향미촉법色聲香味觸法에 흔들리지 않는다는 말입니다. 눈에 보이는 현상이나 귀에 들리는 소리에 끌려가지 않는 것, 이것이 보시입니다. 그래서 육조 스님은 유루 분별하지 않고 오직 청정한 데로 돌이켜서 만법이 공적함을 확실히 아는 것이 보시라고 한 것입니다. 만약에 이 뜻을 알지 못하면 오직 업장만이 증진될 뿐입니다.

따라서 안으로 탐애를 없애고 밖으로 보시를 행해서 안과 밖이 딱 맞아 떨어졌을 때 한량없는 복을 얻게 됩니다. 보시는 안으로는 내 잘못된 생각을 조금씩 제거하고 밖으로는 힘든 사람이 있으면 돕는 것입니다. 이렇게 안과 밖에서 보시를 실천해야 공덕이 쌓입니다. 절에 가서 시주하면 공덕이 쌓인다고 말하는 사람들이 있습니다. 그런데 이런 공덕이 공덕이라고 할 수 있을까요?

다른 사람이 나쁜 짓을 해도 그 허물을 보지 말며 마음에 분별을 내지 않는 것을 일러서 상을 떠난 것이라 말합니다. 또 부처님의 가르침에 따라 수행해서 마음의 주관과 객관이라는 능소가 사라지게 하는 것이 바로 선법입니다. 능소는 부연하면 나와 너를 분별하는 마음입니다.

수행자가 마음에 능소를 가지고 있으면 선법이라 할 수 없으며, 이를 제거하지 못하면 마침내 해탈을 얻을 수 없습니다. 생각과 생각이 항상 반야의 지혜를 실천해야만 그 복이 한량없고 또한 끝이 없는 것입니다. 이와 같이 수행하면 사람과 천신이 함께 공경하고 공양하게 되니, 이를 일러 복덕이라고 합니다. 모습에 집착하지 않는 보시로 일체 생명을 널리 공경하면 그 공덕이 끝도 없으며 표현할 길도 없게 됩니다.

여기서 일체의 상에 집착하지 않는 보시의 궁극적인 행위는 모든 생명을 공경하는데 있습니다. 모든 생명을 공경하기 위해서는 스스로를 낮춰야 합니다. 잘났다, 더 가졌다, 배웠다는 아만 내지는 분별의 마음을 완전히 버려야 합니다. 자기를 낮추지 않고서는 다른 생명을 진정으로 공경할 수 없습니다.

이제 남에게 무엇인가 주는 것만을 보시라고 생각하면 안 됩니다. 남의 이야기를 잘 들어주는 것도 훌륭한 보시입니다. 우리에게 입이 하나만 달린데 비해 귀가 두 개인 까닭이 무엇이겠습니까. 말을 적게 하고 많이 들으라는 것 아니겠습니까.

부주상 보시를 해서 얻은 공덕은 사량의 한계를 넘어서 있는 까닭에 부처님은 이를 동쪽 허공으로 비유했습니다. 수보리 존자에게 질문을 하되 "동쪽 허공을 가히 사량할 수 있느냐." 하고 물은 것입니다. 이에 대해 수보리 존자는 "그럴 수 없습니다. 부처님이시여." 라고 대답했습니다. 동방 허공을 사량할 수 없음을 말씀드린 것입니다. 부처님이 또 말씀하기를, 허공은 그 끝이 없어 헤아릴 수 없는 것처럼 보살의 상에 머물지 않는 보시의 공덕 또한 허공과 같아서 가히 헤아릴 수 없으며 그 끝도 없다고 한 것입니다.

삼라만상 가운데 허공보다 큰 것이 없고 일체의 성질 가운데 불성보다 큰 것이 없습니다. 무릇 형상이 있다고 하면 그 한계가 있기 때문에 크다고 말할 수 없습니다. 그러나 허공은 형상이 없는 까닭에 크다고 하는 것이며 일체의 모든 성질은 한량, 즉 크기가 있어 크다고 할 수 없지만 불성은 한량이 없어 크다고 한 것입니다.

텅 빈 허공 어디에 동서남북이 있겠습니까. 만약에 동서남북이 있다고 한다면 이 또한 모순에 처한 것입니다. 허공에 동서남북은 없습니다. 다만 우리가 임의로 정했을 뿐입니다. 불성에도 또한 본래 사상이 없습니다. 만약 불성에서 아상, 인상, 중생상, 수자상과 같은 사상의 모습을 본다면 그것은 불성이 아니라 중생의 상입니다. 불성이 아닙니다. 그런데 불성 속에 잘못된 것만 나타나고 좋은 것은 가려져 버리니 사상으로 꽉 차게 되는 것입니다.

이는 불성이 불성의 역할을 못하게 되는 것입니다. 흐린 날 밝은 햇볕이 구름에 가린 것과 같습니다. 그래서 사상이 있으면 불성이라 이름 할 수 없는 것이니 이른바 모습에 집착해서 보시하는 것을 의미합니다. 비록 망심 가운데 동서남북이 있다고 말하지만, 이치를 따져 보면 어찌 있겠습니까. 이른바 동서남북이라고 하는 것이 참이 아닌데 하물며 남북이 어찌 다르겠냐는 것입니다. 자성이 본래 텅 비어 있고 서로 섞여 분별이 없는 까닭으로 부처님은 분별을 내지 말라고 한 것입니다.

보살은 마땅히 가르침과 같이 머물러야 한다고 할 때 응應이라고 합니다. 부처님 말씀에 순종하고 따른다는 뜻입니다. 위에서 말씀한 것처럼 상에 머물지 않고 가르침을 수순해서 부주상보시하면 그것이 곧 보살이라는 말입니다.

16

푸른 언덕에 흰 달덩이 불끈 솟으니
산골 물에선 황금덩이 떠서 흐르네.
산가의 가난을 한하지 마라.
하늘이 주는 보배 다 거둘 길 없나니.

한용운

종하

서울 관음사 주지 스님입니다. 1958년 해인사에서 출가했습니다. 1959년 고봉 스님을 계사로 사미계를, 1968년 고암 스님을 계사로 구족계를 수지했습니다. 통도사, 봉암사, 범어사 선원 등에서 6하안거를 성만했고 1972년부터 대한불교조계종 제4대부터 12대까지 중앙종회의원, 조계종 총무원 총무부장, 조계종 부원장, 조계종 제9, 10대 중앙종회의장, 중앙승가대 이사, 불교방송 이사장 등을 역임했습니다. 현재 원로 위원이며 도심 사찰 관음사 주지 소임을 맡아 관음사를 대표적인 도심 포교, 수행 도량으로 가꾸어 가고 있습니다.

사랑을 담은 소박한 바구니

봄은 어디에서 옵니까. 이은상 작사, 홍난파 작곡 '봄처녀' 라는 노래에서처럼 봄은 저기 동구 밖 봄 처녀의 나물 바구니에서부터 오지 않는가 싶습니다. 나물바구니에는 봄이, 희망이, 소박함이, 인정이, 자연이, 사랑이, 우주가 담겨 있습니다.

나물 캐는 아낙이 짜증을 낼 리 없고 증오심을 품을 일이 없습니다. 나물 한 접시면 만족하는 소박함만이 담겨 있습니다. 소욕지족이라는 말이 있습니다. 적은 것으로 만족할 줄 알아야한다는 말이지요. 우리가 누리는 사랑과 행복은 크고 많은 것보다 적은 것과 작은 것 속에 있다고 생각합니다. 결국 소욕지족이 진리입니다. 왜냐하면 유형 물질만으로는 인간을 만족시킬 수가 없기 때문입니다.

우리는 언제부터인가 소박한 바구니를 버리고 담고 담아도 채워지지 않으며 만족을 모르는 무한의 궤짝을 차고 살아갑니다.

요즘 우리가 매스컴을 통해 조석지간에 듣는 이야기가 경제대란으로 세계 각국이 동요하고 우리나라와 기업이 동요하며 실직과 폐업으로 가정이 와해되고 있다는 말입니다. 개인의 동요는 범죄로 이어집니다. 서로 도와야 한다는 사실만 깨달으면 동요는 사라지고 경제난도 사라질 것입니다. 부처님 가르침 속에는 경제난을 극복하는 길이 분명히 있습니다. 나는 먹고 살만 하고 현찰이 수억, 수십억 두둑하니 강 건너 불구경한다고 생각한다면 부처님 제자가 아닙니다. 심하게 말하면 정상적인 사람이라 할 수 없습니다.

보살의 길, 즉 보시행만이 경제난을 해결하고 경제난을 넘어 깨달음을 얻는 길입니다. 사회가 편안해지고 나아가 불국토를 이루게 된다는 것입니다. 경제대란이 오기 전에 소욕지족하고 이웃 간, 국가 간, 대기업과 중소기업 간 보시와 나눔을 일상화했다면 오늘날이 지경에 이르지는 않았을 것입니다. 지금 조계종 총무원에서는 저소득 실직 가정을 위한 자비나눔 캠페인을 벌이고 있습니다. 자비나눔의 생활화가 보살행의 일상이며 부처의 빛을 발하는 길입니다. 그러므로 보시는 당연한 의무이며 정법입니다.

보시에는 세 가지 행태가 있다고 일찍이 부처님께서는 말씀하셨습니다. 법시, 재시, 무외시가 그것입니다. 법시란 부처님의 진리를 모르고 무명 속에 방황하는 중생에게 부처님의 가르침을 알려주는 것입니다. 재시는 경제적으로 어려운 이웃을 물질로 도와주는 것입니다. 무외시는 다른 사람에게 정신적 불안과 공포를 주지 않은 것을 말합니다. 이것이 일반적으로 알고 있는 보시입니다.

우리 불교에서는 물질을 갖지 않고서도 일곱 가지의 보시를 할 수 있습니다.

첫째는 신시身施입니다. 이는 육체의 봉사를 의미하는 것으로 노동으로 이웃을 도와주거나 장기기증 등이 포함됩니다. 철로에 떨어지거나 물에 빠진 이를 구해주는 것, 장애인이나 노인의 손을 잡아 주고 봉사하는 것도 이에 해당합니다.

두 번째는 심시心施입니다. 다른 이의 마음을 편안하게 해 주는 것입니다. 좋은 말을 하며 이해하고 서로 상의하여 마음의 평화를 유지하고 즐겁게 해 주는 것입니다. 나아가 동식물에까지 자비심을 갖는 보시행입니다.

세 번째는 안시眼施, 눈으로 보시하는 것입니다. 모든 이를 대할 때 온화한 눈길을 주면 이 눈길이 서로간의 벽을 허물고 소통을 이루며 사회를 안정시킵니다.

네 번째는 화안시和顔施입니다. 웃는 얼굴에 침 뱉지 않는다는 것입니다. 부드럽고 온화한 얼굴, 미소를 머금은 관세음보살의 얼굴로 대하라는 것입니다. 걸인이 구걸하러 왔다고 화난 얼굴하지 말고 누가 내 발등을 밟아도 방긋 웃어주면 얼마나 좋겠습니까.

다섯 번째는 언사시言辭施입니다. 가는 말이 고와야 오는 말이 곱다고 하듯 상스러운 대화는 결국 제 자신을 망칩니다. 불자는 구업을 멀리해야 합니다. 구시화문이라, 모든 화근은 입을 통해 시작되어 자신에게 돌아옵니다. 늘 부드럽고 상대를 배려하는 말을 아낌없이 해야 합니다.

여섯째는 상좌시床座施입니다. 자신의 자리를 양보하는 것입니다. 버스나 지하철의 자리 양보도 해당되며 동료나 상대를 짓누르고 부정한 방법으로 출세하지 말라는 의미도 됩니다. 또 법당에 와서는 부처님 앞 중앙에 앉겠다고 다투는 것도 상좌시를 외면하는 것입니다. 돈을 써서 승진하는 것도 상좌시에 반하는 것입니다.

끝으로 방사시房舍施입니다. 아무리 집을 지어도 집과 방이 모자랍니다. 대통령되는 사람마다 땅을 개발하고 집을 지어도 왜 아파트가 모자라고 방과 집이 모자랄까요. 정부가 재검토해야 할 사안입니다.

이렇게 무재칠시無財七施를 할 수 있는 우리는 어떤 존재입니까. 그러고 보니 우리 육신 자체가 보시의 원천이며 원류이니 우리 마음과 마음이 바로 보살이며 부처님의 몸이며 마음입니다.

여러분은 매일 절에 와서 기도를 하고 때론 수행도 합니다. 그런데 불자들은 항상 '나는 부족하고 업장과 번뇌로 괴로운 인생'이라고 자칭하고 있습니다. 또 '나는 공덕이 부족하여 되는 일이 없다.'라고 생각합니다. 그러면서 부처님의 가피를 갈구하고 또 그 갈구를 채우려고 애쓰고 있는 것이 오늘날 우리 불자의 현실입니다.

이것은 흡사 깨진 독에 물을 붓는 것과 같습니다. 그러나 깨진 독에 물을 붓기 보다는 독을 물에 맡기는 공부가 필요합니다. 여기에는 깨진 독이건 성한 독이건 아무런 차별이 없습니다. '불신 충만'이라는 말이 있습니다. 부처님의 깨달음은 나와 더불어 일체 만물에 충만해 있습니다. 이것을 절에서는 불신이라고 합니다. 여러분이 모두 불신이며 이 공간에 있는 모든 공간과 시간, 장소가 불신입니다. 그래서 일체 만물에 불신은 충만해 있습니다. 그런데 왜 갈애, 분별, 집착을 갖고 안절부절못합니까. 이것을 놓으면 우리는 진리와 더불어 언제나 그 자리에 있습니다. 갈애와 집착이 우리들을 눈뜬 장님으로 만들었고 끝없는 윤회와 고통의 원동력이 되고 있습니다.

그렇기에 불교는 발상의 전환을 추구하는 가르침이고 여러분은 인식의 전환을 이뤄야 합니다. 왜 스스로가 업보중생, 죄 많은 중생이라며 스스로에게 집착합니까. 그런 사고에서 벗어나야 합니다. 내가 이미 부처요, 나와 더불어 우주 삼라만상이 부처라고 하는데 왜 이 작은 생각에 집착하여 이 작은 감옥에 갇혀 있습니까.

인식의 전환이 이뤄지면 탐진치 삼독이 불법승 삼보로 변합니다. 화가 복이 되고 한숨은 인생을 축복하는 소리로 변합니다. 인생을 사랑하라는 소리로 변합니다. 불교의 정체성은 바로 여기에 있습니다. 불교는 관념이 아니라 실천행입니다.

여러분은 왜 절에 옵니까. 부처님법을 배우기 위해 오는 것입니다. 부처님법을 깨닫기 위해 노력해야 합니다. 오늘날까지 시삼마 화두를 들고 탐구하고 있습니다. 이것은 참 나를 찾자는 것입니다. 사대오온으로 형성된 나의 육신은 거짓 나입니다. 이것은 항상 생멸 속에 변화하기 때문입니다. 이것을 초월해서 부처님께서 일찍이 설파하신대로 중생실유불성의 가르침에 확신을 가져야 합니다. 수행과 증득으로 부처가 되는 것이 아니고 우리가 이미 부처임을 선언해야 합니다. 이것이 살아 있는 기도이고 살아 있는 정진입니다.

모두가 한 뜻으로 경제를 살리며 국민의 마음을 모으는 일에 좀 더 적극적이어야 할 것입니다. 우리는 매우 강한 민족입니다. 이보다 더 어려운 시절도 잘 견뎌 냈습니다. 불자님들이 우리 사회를 극락세계로 장엄하는 일에 앞장서 주십시오. 국민에게 희망을 주며 세상을 원만구족하게 하는 도량과 불자가 되어야 합니다. 부처님의 가르침을 따르고 실천하는 스님들과 불자가 있는 한 불교는 사회의 등불이 되고 나침반이 될 것입니다. 부처님의 법우가 내리니 모든 인연이 본래 한 연꽃임을 확인합니다.

연꽃 향기 퍼져 얼어붙은 마음이 녹아내리니 불우 이웃의 얼굴에 희망과 미소가 가득합니다. 너도나도 이웃 돕는 손길 부처가 따로 없습니다. 소욕지족에 사랑이 가득한가 봅니다.

17

오직 간절히 빌 뿐, 복되고 평안하라!

온 생명 부디 행복할지라!

《자비경》

주경

서산 부석사 주지 스님입니다. 동국대학교를 졸업하고, 1986년 수덕사로 출가하여 해인사 승가대학을 졸업했습니다. 1년여 동안 동남아시아 불교 국가를 순례하며 부처님이 전파한 진리를 되새겼습니다. 대한불교조계종 포교국장, 템플스테이 국장 등을 역임했습니다. 현재 질풍노도의 시기를 맞은 4명의 사내아이와 함께 10여 년째 살고 있습니다. 역삼청소년수련관장, 조계종 중앙종회의원, 조계종 교육위원, 조계종 어린이청소년위원입니다.

행복했나요

봄이 한걸음 늦은 산사라서 엊그제도 아침에는 얇게 살얼음이 얼더니 오늘은 화단 앞 쪽에 심어 둔 수선화가 싱싱한 꽃대를 세우고 있습니다. 수선화는 노란 꽃봉오리를 불쑥불쑥 내밀고 있네요. 오랜만에 날이 맑고 화창해서 아이들과 함께 사찰 주변의 묵은 쓰레기도 줍고 겨우내 때고 남은 장작 부스러기며 잡다한 물건을 치우고 정리했습니다. 이렇게 대충 정리를 하고 나니 계속해서 이어지는 세상의 아프고 슬픈 소식 으로 인해 무거웠던 마음이 조금은 가벼워지는 느낌이었습니다.

이렇게 약간은 여유로운 듯했던 봄날 오후는 갑자기 날아온 부고로 말미암아 다시 어두워지고 말았습니다. 출가 때부터 끊이지 않고 이어져 왔던 오랜 인연의 부고였습니다. 전날, 그녀의 여동생으로부터 언니가 많이 아파서 중환자실에 입원해 있다는 전화를 받았습니다. 울먹이는 목소리, 조금은 무심한 출가자에 대한 원망이 섞인 목소리였습니다.

불자는 얼마 전 어머니를 여의고 건강이 좋지 않아 병원 출입이 잦았습니다. 병원에 입원해 있지 않을 때는 절에서 휴양과 기도를 하며 지내기도 했습니다. 그래서 편히 쉬고 관리를 잘하면 나을 수 있으리라고 생각했지요. 동생의 전화를 받은 나는 급히 문병을 가야겠다고 마음먹었습니다. 그녀의 어머니가 입원해 있을 때도 몇 번 병원을 찾아 문병하고 축원을 해 주곤 했었지요. 그런데 본인이 심하게 아파서 병원에 있다는데 얼른 가 보지 않으면 안 될 일이었습니다. 하지만 그만 늦고 말았습니다.

1986년 봄, 이제 막 출가해서 겨우 머리를 깎았을 무렵이었지요. 홍성이 고향인 그녀는 어머니와 함께 수덕사에 왔습니다. 그녀의 어머니는 독실한 불교 신자로 수십 년간 수덕사의 신자였고, 역시 불심이 깊었던 그녀도 어머니와 함께 절에 기도를 왔던 것입니다. 대학생 시절, 학교는 다르지만 동기였고 불교 모임에서 몇 번 스치듯 만난 인연이 그렇게 이어졌습니다. 그때 절 마당에서 그렇게 우연히 만나 20여 년이 지나도록 지금까지 변치 않는 인연을 이어 왔습니다.

출가 전에 시작된 인연이라서 그랬을까요? 다른 불자보다 한결 격식 없이 편하게 지냈습니다. 그녀는 때때로 일반 신자가 주지 스님에게 할 수 없는 직설적인 지적과 요구를 거침없이 하기도 했고, 여동생 같은 투정을 부릴 때도 있었습니다. 그런데 그녀는 늘 멀지도 가깝지도 않은 거리를 유지하고 거의 무심함으로 사람을 대하는 나의 태도에 섭섭할 때가 있었던 모양입니다. 언젠가 그녀는 불만스런 목소리로 나에게 말했어요.

"아니, 스님이랑 나랑 인연이 얼만데 그렇게 무심해요!"

그러고는 금세 "하긴, 그런 무심함이 좋아서 이렇게 인연이 계속되는 건지도 모르지."라며 자신을 위안했습니다.

적지 않은 사람들이 죽음으로 모든 게 끝난다고 생각하지만 죽음은 절대로 끝이 아닙니다. 하나의 죽음 이후에도 남은 사람들의 삶이 이어지고 있고, 또 하나의 죽음 뒤에는 반드시 이어지는 다음 생이 존재하기 때문입니다.

태어나고 죽는 윤회가 계속된다고 해서 지금의 삶을 가볍게 여겨서는 안 됩니다. 인생을 참으로 잘 사는 사람들은 하루하루의 나날과 시간을 소중하고 가치 있게 살아갑니다. 그러나 게으름과 허황한 꿈에 젖어 있는 사람들은 단 한 번의 행운과 횡재를 기다리며 인생을 헛되게 낭비합니다. 몇 백 번의 인생이 주어진다고 해도 그 생각을 고치지 않으면 그 사람에게 행복은 없습니다.

법과 도덕을 지키는 것을 재미없는 일로 여기는 사람이 많습니다. 하지만 막상 법과 도덕을 지키고 살아 보면 그게 더 편합니다. 행복도 그렇습니다. 하루하루 자신을 사랑하며 산다는 것이 재미없을 것 같아도 이 일 이외의 다른 일에서 행복을 찾을 수 없습니다.

누구나 행복하기를 바랍니다. 그러나 누구나 행복하지는 않습니다. 어떤 사람이 한때 행복하다고 느껴도 그 행복은 어느새 바람처럼 사라져 버립니다. 젊음과 건강, 가족과 재물이 행복의 조건이라고 생각합니다. 그러나 그것을 충분히 갖추고도 행복하지 않은 사람들이 많습니다. 사람들은 행복하기를 바라면서도 행복에 대해 잘 알지 못합니다.

행복의 기본 조건은 사랑입니다. 사랑에서 행복이 생겨납니다. 그리고 사랑은 자기 자신에서부터 시작해야 합니다. 자신을 사랑하지 않고는 타인을 사랑할 수 없습니다. 자신을 사랑하는 사람은 행복합니다. 진정 자신에 대한 사랑이 넘쳐서 타인이 자신과 하나가 되었을 때, 자신을 헌신하고 희생하는 사랑이 가능합니다.

절에 오는 대부분의 여성 신도들은 남편과 자녀를 위한 기도에 전념합니다. 그런데 정작 자신은 빠져 있는 경우가 많습니다. 한 해의 소원을 비는 작은 등불을 밝힐 때에도 오로지 남편과 자녀의 이름만 올릴 뿐 자신의 이름을 올리기는 주저하지요. 그럴 때마다 나는 스스로를 위해서도 기도하고 등불을 켜기를 권합니다. 남편과 자녀를 사랑하고 가족을 위해 기도할 수 있는 힘은 스스로를 사랑하는 마음에서 비롯됩니다. 자신에 대한 사랑이 없는 타인에 대한 사랑은 허황하거나 거짓된 것입니다. 진정한 사랑은 조건도 배신도 없습니다. 그래서 그런 사랑에는 아픔도 슬픔도 없어요. 진정한 사랑은 바로 자신에 대한 사랑이기 때문입니다. 자신을 사랑하는데 있어서 무슨 조건이 필요하고 대가를 바라겠습니까.

사람은 매 순간 어떤 판단과 선택의 기로에 서게 됩니다. 그 판단과 선택의 결과에 따라 그 사람의 기쁨과 슬픔, 행복과 불행이 결정되지요. 이미 지나간 판단과 선택은 돌이킬 수 없습니다. 다만 담담하게 받아들이고 이겨 나가야 합니다. 지난 세월 그랬듯이 앞으로도 우리에게 주어진 시간 동안에는 끝없이 선택하고 판단해야 하는 순간이 이어집니다. 우리는 마지막 선택의 순간까지 자신의 인생을 단정지어서는 안 됩니다. 언제나 매 순간 지금 자신이 하는 결정이 행복을 위한 것인지 생각해야 합니다. 그 결정이 지금 당장만 행복한 것인지 아니면, 앞으로도 길게 행복할 수 있는 것인지 생각해야 해요.

봄날, 나는 살아생전 행복했을 것이라고 믿고 싶은 나의 한 인연에게 웃으며 인사를 건네 봅니다.

'오늘 꽃이 아주 좋습니다. 아픈 몸, 가족 걱정에 무거운 마음, 이런저런 세상 번뇌 다 놓아 버리세요. 그리고 꽃향기와 더불어 편히 가세요. 딸이랑 아들, 그리고 남편일랑 불자님 있을 때보다 더 잘 살피고 가까이 지내도록 하겠습니다. 다음 생에 더 건강하고 행복한 인연으로 다시 만납시다.'

18

안부를 묻사옵니다. 요즘 어떠신지요.

창문에 달빛 어리면 그리움 더욱 짙어집니다.

꿈속에서도 님을 만나러 내 영혼이 서성인 발자국을 본다면

문 앞 돌길이 모두 모래가 되었을 것입니다.

이옥봉

주석

경상남도 함양 대운사 주지 스님입니다. 자신의 내면을 찾아 가는 길이 행복으로 가는 길이라고 믿으며 삶 속에서 실천하고자 노력하는 수행자입니다. 현재 불교방송 〈행복으로 가는 여행〉을 진행하고 있습니다. 청아하고 분위기 있는 목소리로 매 방송 때마다 주옥같은 잠언을 편안하게 전합니다.

중생을 바라보는 성불

생각이 번거로워지려는 것인지 아니면 사물의 움직임에 마음도 함께 움직이는 것인지 주위의 모든 것에 의미를 부여하게 되는 경우가 많아졌습니다. 계절에 따라 변하는 산 빛 앞에서도 삶의 모습을 관조하게 되고 무심히 들리던 새소리도 어떤 질책의 소리로 들리기도 합니다. 자신의 수행 살림이 넉넉하지 못하기 때문에 그럴 수 있는 것이겠지요.

안으로 쌓이는 것은 작고 밖으로 드러난 것만을 중요하게 생각하는 것은 아닌지 스스로에게 질문하게 됩니다. 수행인의 가장 아름다운 모습은 청빈임을 내세우면서도 하나보다는 두 개를 바라고 있을 때도 있습니다. 날마다 나에게 전해 오는 그 시은에 비해서 나는 얼마만큼 값있게 내 모습에 부끄럼 없이 살고 있는지….

예불 시간에 자리에 앉으면 부처님을 바라보기가 부끄러울 때가 많습니다. 어디서 들은 기억이 납니다. 아무리 좋은 집에서 정원과 연못을 멋있게 꾸며 놓고 갖가지 모양의 수석을 늘어놓는다 해도 울울이 덮여 있는 송림을 정원 삼는 스님보다 못하고 솟구쳐 내리는 폭포와 신비롭게 서 있는 기암절벽과 벗하는 스님과 어찌 비교할 수 있겠는가 하고 말입니다.

백년 간 세속의 영화가 이러한 스님의 하루에 비할 바가 안 된다, 라는 말을 들으면서 한가롭고 넉넉한 생각이 드는 반면 오히려 그런 경계를 즐기면서 하루하루를 헛되이 보내고 있는 것은 아닌지….

마음이 무거워집니다. 말법 시대가 가까워 올수록 중생의 근기가 약해져서 수행하려는 마음보다 삿된 믿음 쪽으로 흐른다는 부처님의 말씀을 때로는 아니라고 부정하기도 하지만 나 자신의 믿음이 걷잡기 어렵게 휘청거림을 느꼈을 때 근기가 약해서라는 어쩔 수 없는 변명을 할 때도 있었습니다.

출가를 하고 얼마 지나지 않아서 누군가에게서 이런 질문을 받았습니다.

"출가를 해서 세속을 등진다는 것은 세상과는 두문불출을 말하는 것인데 세상에 나와서 사시는 스님들이 많은 것은 왜입니까?"

우문무답이었을까요? 아님 무어라고 답할 말이 떠오르지 않아서였을까요. 그저 웃고 말았던 기억이 날 때마다 아무런 말도 해 주지 못했던 기억이 날 때마다 시간이 지날수록 더욱 부끄러워집니다. "출가란 이런 것입니다." 라고 확실히 답을 하기 참으로 어려운지도 모릅니다.

《선가귀감》을 읽을 때마다 이 부분이 눈에 와서 밟힙니다.

> 편안함을 구함이 아니며, 이익과 명예를 구함도 아니며, 부처님의 혜명을 이어서 중생을 제도하기 위함이라.

부모와 형제, 그리고 사랑한 사람들에게서 등을 돌린 채 이 길에 들어선 우리로서는 나 하나만의 안일을 추구하는 삶은 수행의 참뜻에서 더욱 멀어지는 것일 것입니다. 잠시 그들에게 등을 보였을지라도 그들을 포함한 모든 중생에게 진리의 모습으로 다가가 되돌려주기 위함이 아니었을까요. 그러나 시간이 흘러갈수록 그런 초발심의 색은 바래 가고 타성에 젖어 버린 나 자신의 모습을 발견하게 됩니다. 설사 그러한 생각이 퇴색되지 않았을지라도 밖으로 눈을 돌리지 못하는 옹졸함을 가져 자신의 공부만을 챙기는 지극한 개인주의자가 되어 가는 느낌을 받곤 합니다.

수행의 완성은 성불입니다. 그러나 자기만의 수행과 혼자만의 성불이 무슨 의미가 있단 말인가요. 중생을 바라보지 않는 그 성불이란 무슨 의미가 있을까요.

한 스님의 말씀이 생각납니다.

"성불하고 난 뒤, 그때는 할 일이 없어 심심할 것 같으니 성불은 미루어 두고 중생 제도부터 할련다."

중생과 중생이 함께 더불어 가는 세상입니다. 행이 따르지 않는 자비 실천이, 따르지 않는 진리가 지금이 시대의 중생들에게 얼마만큼 흡수될 수 있을까요. 혹은 이렇게 말을 할 수도 있습니다. "자신의 수행이 완전히 되지 않는 상태에서 타인을 제도할 수 있느냐"라고. 그 또한 틀린 말이 아닙니다. 나의 성불이 중생의 성불이 될 수도 있습니다.

그러나 지금의 우리 현실은 어떠한가요. 정법보다는 사법을 더 가까이하면서 바른 믿음보다는 삿된 믿음을 더 가까이하면서 살고 있습니다. 이러한 때 우리의 성불만을 위해 저 아파하는 이들을 돌아보지 않는다면 저들은 과연 누가 어루만져 주고 이끌어 줄 수 있을까요. 사람들은 보고 듣고 그 환경에 따라 변합니다. 우리의 존재와 우리가 전하는 가르침은 이웃과 더 나아가 모든 인류에 미치는 영향력은 엄청난 것입니다.

부처님의 깨달음은 고귀한 것이었으나 그 고귀함은 형이상학적인 문제에만 몰두하지 않았고 지극히 평범한 인간 현실의 실상을 올바르게 보고, 시대의 근원적 원인을 찾아 고통을 소멸하게 한다는 것이 부처님의 깨달음이자 가르침이었습니다. 중생이 겪는 고통. 그것을 뼈저리게 느끼지 못한다면 동체대비를 어찌 논할 수가 있단 말입니까. 우리는 단 한마디라도 부처님의 정법을 일러 주어서 중생으로 하여금 궁극적으로 그 고통으로부터 자유롭게 벗어날 수 있는 길을 제시해 줄 무한한 힘을 가지고 있습니다. 중생을 애민히 여기는 사랑의 마음을 지니고 있습니다.

백문이 불여일견이라고 했던가요. 그러나 나는 이렇게 말하고 싶습니다. 백문이 불여일행이라고. 백 번 천 번 말하는 진리보다 한 번 행하는 진리가 더 실합니다. 중생의 아픔을 함께 아파할 수 있는 존재가 그들에게 더 필요합니다. 얼마 전에 무언가 생각하면서 대웅전 모퉁이를 돌아갈 때였습니다. 누군가 온다는 느낌에 무의식적으로 합장을 하려다 같은 스님이 아닌 재가불자임을 알자 합장을 하려던 손을 내려놓아 버렸습니다. 그 자리를 지나오면서 나 자신이 그토록 부끄러울 수가 없었습니다. 진정으로 우리가 합장해야 할 대상은 같은 스님이 아니라 저 중생이 아니었던가,라는 생각이 들었습니다.

《법화경》에 나오는 상불경 보살은 누군가를 만날 때마다 이렇게 말합니다.

"당신은 나보다 먼저 성불할지도 모릅니다."

내가 당신들을 가벼이 여기지 않노니 당신들은 보살도를 성취하여 반드시 성불하게 되리라고. 끝내 사람들에게 비난과 수난을 받았음에도 그러한 행동을 굽히지 않았던 상불경보살. 그 보살에게서 중생을 향한 무조건적인 사랑을 느낍니다.

상불경보살의 자비행이 아주 특별한 사랑이 아니라 중생과 중생이 함께 나눌 수 있는 세상은 언제쯤일까요. 보살의 이러한 자비와 이러한 사랑을 실천하기 위해서는 헤치고 가야 할 어려움이 수없이 많을 것입니다. 살아 있는 이로서, 참으로 깨어 있는 승으로서, 진실된 행위를 하면서 이 땅에 설 수 있기를 발원해 봅니다.

언제쯤일까요. 발우를 들고 촌기덕행忖己德行 전결응공全缺應供

을 하더라도 부끄러운 눈물 흘리지 않고 내가 행하는 작고 작은 행동이 진리와 통해서 자비가 되고 사랑이 되어 중생과 함께 행복해질 날이 언제쯤 올까요.

19

사랑, 그것은 부처님께서도 말씀하셨듯이
마음의 해탈이며 가장 거룩한 아름다움이어라.

냐나뽀니까

지광

서울 능인선원장 스님입니다. 한국일보 〈Korea Times〉 기자로 활동하다가 반정부 · 민주화 운동을 했다는 이유로 강제 해직 후 입산 출가했습니다. 서울 서초동에 능인선원을 개원하여 본격적인 포교 사업을 펼쳤습니다. 서울대학교에서 철학 박사 학위를 받았습니다. 조계종 포교대상, 사회복지단체 대상을 수상했고 민주화 유공자로 선정됐습니다.

큰 사랑의 가피

입에 맞는 떡은 없습니다. 자신의 마음에 꼭 맞는 조건은 언제 어디서건 만나기 어렵습니다. 조건의 좋다 나쁘다를 따지는 사람들이 진실로 일을 효과적으로 해 내겠습니까? 불사선 불사악不思善 不思惡 좋건 나쁘건 가리지 않고 몸과 마음을 던지는 헌신 가운데 부처님께서 함께하십니다. 아무리 거칠어도 부처님께서 주시는 것이요, 아무리 괴로워도 부처님께서 주시는 것입니다. 이렇게 감사하게 생각하면 일상 속에서 일어나는 모든 일이 그저 감사할 뿐입니다.

현실의 처절한 고통에 너무 괴로워 마십시오. 인생은 으레 그런 것. 아무리 고통스럽더라도 가능한 한 감사하며 사십시오. 아무리 고통스러워도 모든 것이 순간입니다.

모든 것에 감사할 때 몸과 마음이 건강할 수 있습니다. 고통에 대한 감사함을 잊고 고통을 이기지 못할 때 몸과 마음을 해칩니다. 감사가 없는 곳에는 건강도 없습니다. 감사를 모르는 마음은 이기적인 마음이요, 감사를 아는 마음이 보살의 마음입니다. 우리들은 정녕 매사에 얼마나 감사한가요. 생명력 그 자체인 부처님의 위신력이 우리의 조상을 통해 부모를 거쳐 나에게 흘러들었습니다. 그들 모두에게 감사하지 않는다면 도대체 누구에게 감사할 것입니까? 부처님, 조상, 부모 그 모두가 내 주변에 존재하는 감사의 화신인데 어찌 감사함의 삶이 아닐 수 있겠습니까. 그들에게 감사할 때 모든 어려움은 눈 녹듯 사라집니다.

모두가 감사의 대상일진대 상대방 그 누구에게도 내 마음을 아프게 했다 해서 가슴 아픈 말을 던지지 마십시오. 감사함만 생각하고 웃으며 이겨 내세요. 그대의 삶은 틀림없이 즐거워질 것입니다.

이 세상에 악은 없습니다. 고통도 없습니다. 다만 업이 있을 뿐입니다. 모두는 업의 발현이요, 업의 드러남입니다. 원한을 원한으로 갚으면 원한이 사라지지 않는다 하지 않았습니까. 우리는 지금 부처님 나라에 살고 있습니다. 우리는 항상 부처님과 함께입니다. 아무리 고통스럽더라도 부처님을 생각하십시오.

《금강경》에 '천대 받고 모욕 당하는 즐거움이여!' 라고 하지 않았습니까. 인생은 모두가 업장소멸의 길입니다. 불사선 불사악입니다. 좋고 나쁘고, 고통스럽고 아니고를 너무 따지지 마세요. 잔잔한 바다에서는 탁월한 항해사가 나오지 않습니다. 무쇠는 용광로를 여러 번 거쳐야 강고한 강철이 됩니다. 아픈 만큼 성숙해지고 고통스러운 것만큼 성장합니다.

고통을 과감히 받아들일 때 앞날이 밝아집니다. 젊어 고생은 사서도 한다 하지 않습니까. 너무 좋고 나쁘고를 따지지 마십시오. 자신을 자꾸만 이기면 즐거움이 옵니다. 누가 나를 아프게 하면 그때 그를 향해 찡그린 얼굴을 하지 마세요. 그를 향해 웃어 주기 어려운가요? 웃어 주는 마음이 참 자비요, 참사랑입니다.

끊임없이 이기십시오. 끊임없이 웃으세요. 아픔을 이겨 낸 만큼 사랑이 됩니다. 자비가 됩니다. 구경무아가 아닙니까. 업을 녹이려면 많이 웃으세요. 부처님이 되려면 많이 웃어야 합니다. 보살이 되려면 사랑이 되어야 합니다. 자비가 되어야 합니다. 위대한 사랑을 얻으려면 크게 사랑하지 않으면 안 됩니다. 상대를 위해 나의 모든 것을 던지지 않으면 안 됩니다. 상대를 위해 모든 것을 바치지 않으면 안 됩니다.

이기심을 수반하지 않는 사랑과 친절하고 광대한 사랑은 상대방을 나에게 묶는 강력한 쇠밧줄입니다. 상대방에게 강한 정신적 유대감을 갖게 합니다. 상대방에게 강렬한 사랑의 마음을 일게 하세요. 그 누구에게도 사랑과 감사의 마음을 일게 하십시오. 모두를 왜 부처님으로 보라고 하는 것일까요? 그들과 내가 하나임을 인식케 하시려는 동체대비의 배려 때문이 아니겠습니까? 진정 부처님과 하나임을 자각하는 정도만큼 감사함을 느끼게 되고, 그 정도에 따라 번창합니다.

부처님의 아들딸이라는 생각을 놓치지 마십시오. 부처님과 조상, 부모에 대한 감사의 마음을 잊지 마세요. 항상 보은의 마음이 되십시오. 부처님은 모든 것의 근본이기에 나에게 내재함과 동시에 보편합니다. 이 진리를 자각해서 감사와 찬탄으로 부처님을 불러 모시면 언제라도 필요한 사랑의 메시지를 전달받습니다. 그것이 참 가피가 아니고 무엇이겠습니까.

20

겨울밤 두꺼운 얼음 위에
댓잎 자리 깔고 누워
님과 함께 얼어 죽을지언정
새벽닭아 울지 마라.
김수온

지장

초의차명상원 원장 스님입니다. 스님은 입으로는 변화와 성취를 외치고 살았지만 사실상 그렇지 못한 생활에 대해 회의감이 들었다고 합니다. 그리하여 유익한 마음을 일으키며 살고 싶어 생활 명상 공간인 초의차명상원을 만들었습니다. 아는 만큼 행복해질 수 있다는 신념으로 차와 명상을 통해 마음의 청정함을 얻을 수 있는 방법을 알리고 연구하는데 주력하고 있습니다.

사랑의 마음 주기

평소에 골똘히 생각에 잠겼을 때, 이 생각이 내가 일으킨 것인가 아니면 그냥 저절로 일어난 것인가 고민해 본 적이 있습니까? 평상시는 이런 고민이 사는데 별 상관없는 문제라서 해 보지 않았겠지만 생각은 당연히 내가 하는 것이라 단정 지을 것입니다. 우리가 더욱 열심히 살지 못하는 이유 중에 하나는 마음이나 생각이 내 의지대로 되지 않고 또 일어나지 않았으면 하는 생각이 너무 많기 때문입니다. 만약에 내가 다 생각을 일으키는 것이라면 하기 싫은 생각, 나를 힘들게 하는 생각은 하지 않으면 될 것입니다.

그러나 현실은 그렇지 않습니다. 생각을 하지 않고 싶어도 어떤 형태로든 생각은 일어나며 그렇게 일어나는 생각이 사실은 나를 가장 괴롭힙니다. 생각도 생각 나름이겠지만 아무튼 내가 하는 생각도 있고 또 그냥 일어나는 생각도 있는 게 분명한 사실입니다. 삶을 더욱 알차고 의미 있게 살아가기 위해서는 일어나지 말아야 할 마음으로부터 덜 영향 받고 일으켜야 할 마음을 적극적으로 일으키며 살 수 있는 삶의 테크닉이 필요합니다. 그런데 이러한 삶의 테크닉을 배우고 실천하기 위해서는 먼저 마음이나 생각에 대한 새로운 시각이 요구됩니다. 마음에 관한 것이라서 고리타분하고 어렵고 고차원적인 것이라 지레짐작할 수도 있습니다. 그러나 서두에 던진 물음처럼 알고 보면 지금 이 순간 누구나 관심 가져 볼 수 있고 또 알 수 있는 가장 상식적인 것일 수도 있습니다.

마음에는 일어나는 마음, 일으키는 마음, 아는 마음 등의 작용이 있다고 했습니다. 알다가도 모르는 것이 마음이라 가장 가까이 있지만 제일 모르는 것이 또 우리의 마음입니다. 그런데 그냥 단순한 기능 면에서 세 가지로 구분했는데 앞으로 연구가 더 많이 되면 우리가 모르는 더 복잡한 기능도 알려질 것입니다.

마음을 이해하는 가장 초보적인 방식으로는 일어나는 마음과 일으키는 마음 구분하기가 있습니다. 같은 마음인 것 같아도 일으킨 주체가 누구냐에 따라 진짜로 내가 직접 일으킨 것인지 아니면 그냥 저절로 일어난 것인지로 구분하여 일어난 마음, 일으킨 마음이라고 이름 붙인 것입니다. 실제로 해 보면 아주 간단한 일인데 신기하게도 일어나는 마음일 뿐이라고 알기만 해도 어떤 경우는 그 마음으로부터 금방 자유로워지는 것을 경험하기도 합니다. 평소 우리는 생각이나 마음을 우리 스스로 만들고 있다고 무심코 여깁니다. 그러나 천천히 현재 마음의 상태, 생각, 몸의 느낌 등을 살펴보면 내가 만들기보다는 나름의 조건과 원인 혹은 습관 등에 의해 만들어진 경우가 더 많습니다.

일례로 현재 마음 상태를 봅시다. 편안할 수도 있고 그렇지 않을 수도 있을 것입니다. 그 마음 상태는 과연 우리가 그렇게 만든 것인가요, 아니면 그렇게 만들어진 것인가요? 내가 직접 만들며 산다고 여겨 왔지만 실은 그렇게 만들어지고 있음을 알 수 있습니다.

또 다른 중요한 예를 들어 보지요. 우리는 살면서 누군가를 사랑합니다. 누군가를 사랑할 때 그 사랑은 과연 내가 일으킨 것인가요, 아니면 스스로 일어난 것인가요? 결국 이것도 알고 보면 대상을 만나 일어난 것이지 내가 일으킨 것이라 할 수 없습니다. 그런데 우리는 그렇게 단지 일어난 사랑에 폭 빠져 그것이 영원하고 실제로 있는 것처럼 착각하고 구구절절한 노래 가사처럼 울고 웃고 난리 치며 살아갑니다.

한 가지 우리가 알아야 것은 사랑이 무조건 다 일어나는 것만 있는 것은 아니라는 사실입니다. 일으키는 사랑도 있습니다. 대부분 남녀 간의 사랑은 일어난 것입니다. 그러나 진정한 행복을 위해 자신과 남을 위해 기도할 때 일으키는 혹은 일으켜야만 하는 사랑은 일으키는 사랑이라 부릅니다.

아무튼 사랑 이외에도 우리는 수시로 일어나고 있는 혹은 만들어지고 있는 마음의 노예가 되어서 살아갑니다. 일어나는 마음, 일으키는 마음 구분하기는 가장 기초적인 형태로 우리의 마음을 알아가는 방법인데 이를 시작으로 더 깊은 차원으로 마음을 알아 갈 수 있고 또 그렇게 하는 것만으로 적게나마 긍정적인 변화를 체험할 수 있습니다.

명상원을 개원하고 참으로 다양한 사람들을 만날 수 있었습니다. 절에 있거나 군 생활 속에서는 나름대로 관계를 맺는 사람들의 부류가 어느 정도 정해져 있었습니다. 그러나 일상적으로 상황은 전혀 다른 양상이었습니다.

명상이나 차 생활과 관련 있는 사람들이 주로 인연이 되지만 명상이라는 것이 어떤 구원의 방법인 것처럼 생각하고 막연히 그 효과만을 바라고 오는 사람도 적지 않았습니다. 요가 수련원이나 단전호흡 명상 센터 등도 마찬가지입니다. 찾아오는 많은 사람들이 공부와 수련에 관심이 있기보다는 명상의 효과로 자신의 정신적, 신체적 질병 등을 고쳐 보겠다는 기대를 가지고 옵니다. 아니면 단순히 외로움을 달래는 수단으로 명상원을 찾거나 친구를 만나기 위해 오는 경우까지 있습니다.

어쨌든 다양한 연령대, 직업, 종교관이나 사고관을 가진 사람들을 만납니다. 명상을 같이 공부하면서 이해한 한 가지 사실은 무슨 목적으로 명상원에 찾아 왔느냐에 따라 그 사람의 명상 방법이 달라야 한다는 것입니다.

처음에는 기본적이고 공통적인 명상법을 다 같이 공부했지만 수행자들의 반응은 너무나 천차만별이었습니다. 성격에 따라 크게 다르고 교육 수준이나 전에 명상을 경험했는지 아닌지에 따라서도 반응의 차이가 큽니다. 그리고 공부하러 온 사람과 쉬러 온 사람과의 목적 차이는 명상 과정에서 극명한 대비를 보입니다.

초기에는 한 가지 기본 방법과 원칙으로 출발했지만 점점 다양한 부류의 사람을 고려하다 보니 점점 다양한 기법이 사용되기 시작했습니다. 그래서 한 번의 수행 동안 예닐곱 가지 기법을 차례차례 수행하도록 하여 이중 한 가지만이라도 효과를 볼 수 있도록 고민해 보았습니다.

외향적인 성격과 내향적인 성격의 사람들은 명상법도 확실히 다릅니다. 외향적인 사람들은 마음이 끌리는 어떤 대상을 지정해 주고 마음속으로 그 이름을 불러 가며 오직 그 대상에만 몰두하게 하는 방법이 잘 어울립니다. 또 내향적인 사람은 자신의 몸이나 느낌, 감정 상태 등을 관찰하게 하면 잘됩니다.

욕심이 많은 사람과 그렇지 않은 사람, 화를 잘 내는 사람과 그렇지 않은 사람, 생각을 많이 하는 사람과 그렇지 않은 사람 등도 분명하게 명상 기법이 달라집니다.

모든 부류의 사람들에게 공통적으로 효과 있는 명상 기법은 정말로 흔하지 않습니다. 그러나 대략적으로 그동안의 여러 경험을 유추해 봤을 때 다양한 부류의 사람에게 조금씩이나마 공통적으로 효과 있는 명상 기법을 꼽아 본다면 아마 '사랑의 마음 주기' 일 것입니다.

사랑의 마음 주기는 특히 화를 잘 내고 성격이 급한 사람들에게 잘 맞는 명상 기법이지만 다른 부류의 사람들에게도 좋은 효과를 가져다준다는 것을 그동안의 경험을 통해 확인할 수 있었습니다.

사랑의 마음 주기 명상은 먼저 자신을 올바로 사랑하게 하고 그와 똑같이 다른 사람을 사랑하게 해 주는 명상 기법입니다. 자비관 수행이라고도 알려져 있는데 우리가 흔히 나 자신과 가족, 친구, 혹은 나라를 위해 기도해 주는 것도 바로 이 사랑의 마음 주기 기법과 아주 유사합니다.

이 명상에서는 무조건 제일 먼저 자기 자신을 대상으로 사랑의 마음 주기를 시행합니다. 세상에서 그래도 제일 귀하고 소중한 것이 바로 자기 자신이기 때문입니다. 자기 자신을 귀하고 소중하게 생각하는 마음을 먼저 일으키고 그 마음 상태를 점점 여러 대상으로 확대시켜 나가는 것입니다. 그래서 나를 사랑하는 만큼 다른 사람들도 똑같은 상태로 사랑하게 하는 연습입니다.

대상을 점점 확대시켜 나가는 것이 아주 중요한 요소인데 대상을 확대시켜 나가다 보면 반드시 미워하거나 증오하는 대상을 만나게 됩니다. 나와 좋아하는 사람을 대상으로 할 때는 분명 사랑의 마음이 쉽게 일어날 것입니다. 그러나 미워하고 증오하는 사람들을 생각하는 순간 당연히 그 사랑의 마음은 금세 증오의 마음으로 변할 것입니다.

사랑의 마음 주기는 나로부터 시작하지만 결국 그 끝은 온 세상이 되어야 합니다. 그러다 보면 분명히 증오하는 대상을 만날 수밖에 없습니다. 증오하는 대상을 만나는 순간이 바로 일종의 전쟁과 같습니다. 내 마음 속의 악의나 증오와의 전쟁입니다.

사랑의 마음이 유지되다가 증오의 대상을 만나면 꺼집니다. 그러면 다시 좋아하는 사람들을 통해 사랑의 마음을 일으키고 또다시 증오의 대상으로 접근해 갑니다. 꺼지면 다시 되돌아와 사랑의 불꽃을 들고 다시 찾아가 봅니다. 사랑의 불꽃이 얼마나 강하냐가 증오의 대상을 극복하는 관건이 될 것입니다.

분명 짧은 시간에 이 과정이 이루어지지는 않습니다. 원수를 사랑해야 하는데 이것이 생각으로만이 아니라 완전히 마음으로까지 이루어지려면 얼마나 많은 시간이 필요할지 모릅니다. 그러나 몇십 년이 걸리는 문제는 아닙니다. 제대로 수행한다면 길어야 몇 년 안에 반드시 이루어집니다.

눈을 감고 조용히 호흡을 지켜보면서 어깨에 힘을 뺍니다. 그러고 나서 앉아 있는 모습과 숨 쉬고 있는 상황을 가만히 지켜봅니다. 어떤 형태로든 내 자신이 느껴질 것입니다. 그러면 이때 느껴지는 내 자신을 향해 속으로 '나를 사랑합니다.' 혹은 '내가 행복해지기를….' 하면서 느껴지는 내 자신을 무척 소중히 여기는 마음을 불러 일으킵니다.

내 몸이 느껴지고 동시에 이 몸이 행복해지고 사랑한다는 마음이 선명해지면 다음으로 주변에 함께 있는 대상에게 그 마음을 넓혀 봅니다. 원래는 소중히 생각하고 존경하는 사람들에게 나 다음으로 사랑의 마음을 넓히지만 명상원에서 경험상 이 순간 같이 있는 사람들에게 우선 넓히는 것이 더 효과적이라는 사실을 알았습니다.

그러고 나서 소중한 사람, 존경하는 사람들에게 나에 대해 가졌던 사랑의 마음을 확장시킵니다. 점점 그냥 알고 지내는 사람, 무관한 사람, 그리고 이제 미워하는 대상으로 확대시킵니다. 처음부터 이 순서로 가는 것은 아닙니다. 처음에는 나와 좋아하는 사람들까지만 시도하고 힘과 지속 시간이 커지면 이제 조금씩 그 대상을 넓힙니다. 대상마다 어떤 마음을 일으키는 것이 아니라 나에 대해 가졌던 사랑의 마음을 대상을 바꾸어 가면서 유지하는 것이지요.

궁극적으로는 점점 대상을 넓혀 온 세상에 대해 사랑의 마음을 꽉 채우는 것입니다. 우리가 하느님이나 부처님에게 기도를 올리고 그 효과를 보는 것은 바로 이분들이 온 세상을 향해 항상 사랑의 마음을 보내 주기 때문입니다. 내 마음을 열어 그분들의 사랑을 받아들이고 나 또한 올바르게 그 사랑을 실천하는 것이 바로 모든 종교의 핵심입니다.

거창하게 온 세상을 사랑의 마음으로 채우지는 못해도 최소한 자신의 집, 사무실 등은 스스로의 노력에 의해 사랑의 마음으로 채울 수 있습니다. 명상은 나도 좋지만 더불어 주위도 좋게 하는 것입니다. 그저 혼자 명상을 하지만 그 기운은 자신도 모르게 퍼져 나가 다른 사람에게 반드시 영향을 미칩니다. 꼭 다른 사람이 알게 할 필요는 없습니다. 혼자서라도 집중과 사랑의 힘이 커지면 표현하지 않아도 저절로 느껴지게 할 수 있지요.

사랑의 마음 주기는 화를 잘 내는 사람들에게 제일 효과가 있습니다. 혹시 자신도 모르게 자꾸 화를 내어 자기 자신과 주변을 성가시게 하는 사람이 있다면 이 방법을 권하십시오. 아마 자신도 명상을 할 수 있다는 사실에 무척 흥미로워 할 것입니다. 그러나 한 가지 본인이 자발적으로 꼭 하고 싶어야 합니다. 억지로 하지도 않겠지만 마음을 내어서 해야지 그렇지 않으면 오히려 더욱 화를 냅니다.

나머지 사람들에게도 마음을 편안하게 하고 힘을 만들어 주는 효과가 있으니 매일 조금씩 시도하게 하십시오. 종교를 통해 기도를 열심히 하는 분들도 그 대상을 적절히 넓혀 가며 한다면 본인들의 기도가 더욱 의미 있고 누군가를 미워하는 마음이 조금씩 제거 될 것입니다.

21

허공계가 다하고
단 한 명의 중생이 남아 있는 한
저는 이 세상에 머물면서
중생의 고통을 없애는 사람으로 남겠습니다.
적천

청전

달라이라마를 보좌하면서 수행 중인 스님입니다. 1977년 송광사로 출가했습니다. 1987년 남방불교와 티베트 불교 수행을 경험하기 위해 태국, 미얀마, 스리랑카의 수행처를 방문한 스님은 같은 해 달라이라마와 만나 현재까지 전 세계를 이끄는 영적 지도자 달라이라마 곁에서 부처님의 진리를 깨우치고 있습니다.

희생으로 꽃피는 사랑과 행복

부산 관음사에 다녀 간 지도 벌써 2년이 됐습니다. 그 때 티베트의 라닥 스님 여섯 분을 모시고 법회를 했습니다. 그 스님들과 함께 통도사와 범어사, 멀리는 송광사뿐만 아니라 해인사, 동화사도 갔습니다.

인도로 돌아가기 전에 저는 한국에서 무엇이 제일 좋았는지 물었습니다. 스님들은 엘리베이터를 타고 용두산 공원의 탑 꼭대기에 올라가서 본 부산시 야경을 떠올렸습니다. 여든 살이 넘은 스님들은 한결같이 여기가 극락이라며 찬사를 보냈습니다. 전깃불을 보고는 꽃이라며 사진을 찍어 달라고 했습니다. 당신들의 말을 빌리면 한국은 분명 극락입니다. 그러나 정작 극락 같은 한국에서 불만과 불신으로 살아가는 분들이 많습니다.

보통 삶의 결과는 지금의 자신 모습에 드러납니다. 대표적인 것이 얼굴입니다. 얼굴은 우리 삶의 결과물입니다. 우리는 살아가면서 정신적인 평화와 내적인 고요함을 얻기 위해 먼저 희생을 감내해야 합니다. 부연하면 신앙의 희생을 치러야 합니다. 희생을 치르지 않는 신앙은 관념적이기 쉽습니다. 새벽마다 보는 예불은 자기 신앙에 대한 희생의 하나입니다. 여러분은 다양한 매체를 통해 티베트 스님들의 편안한 모습, 인도 난민들의 가난하지만 평온한 미소를 접했을 것입니다. 행복한 모습으로 오체투지를 하고, 거리에서 염주를 들고 진언을 외우는 장면도 있습니다. 모두 신앙이 밑받침 될 때 행복해 질 수 있음을 알려 주고 있습니다.

어느 종교나 사랑과 행복을 가르칩니다. 그러나 사랑하는 마음을 갖고 행복해지기 위해 먼저 자기희생을 하라고 하면 쉽게 하지 않습니다. 어디 불사를 한다고 하면 동참을 하지만 자기 몸으로 땀 흘리는 일은 하지 않습니다. 업장은 불사금을 내서 사라지는 것이 아니라 여러분이 직접 몸과 말과 행동으로 실천할 때 소멸됩니다.

티베트에서는 신구의身口意 삼업三業의 소멸을 중요시합니다. 몸으로 지은 허물은 절, 입으로 지은 허물은 염불이나 진언, 마음으로 지은 허물은 간경이나 참선을 통해서 할 수 있습니다.

특별히 신구의 삼업을 한꺼번에 정화하는 길로 성지 순례를 권합니다. 그런데 한국 불자들이 성지 순례하는 모습을 거의 보지 못했습니다. 모두가 성지 관광입니다. 성지에 가서 사진 찍고 기념품 사오는 것이 성지 순례인 양 착각합니다. 성지 순례는 순례를 통해 업장도 소멸하고 부처님 앞에서 더 나은 삶을 살겠다고 약속하는 시간입니다. 지금 삶보다는 적극적인 삶을 살아가는 내가 되겠다는 다짐입니다.

지난 법회 때 카일라스 순례의 경험을 다 말하지 못했습니다. 당시 카일라스 성지순례를 할 때 상황은 처절했습니다. 덕분에 업장이 많이 소멸된 것 같습니다. 특히 유목민을 통해 카일라스 순례자들에 대한 이야기를 들었을 때 더 많은 것을 얻을 수 있었습니다. 인도 남단을 한발로 출발해 12년 만에 카일라스를 오른 힌두교 수행자, 사천성에서 카일라스까지 삶의 절반을 오체투지한 티베트 불자, 마지막으로 오체투지로 고비 사막을 건너 카일라스에서 열반한 몽골 스님까지, 그 분들의 이야기를 할 때면 지금도 숙연해집니다.

어떻게 보면 저는 행복합니다. 성지 순례 이후 타인을 배려할 수 있게 되었습니다. 신앙에 대한 희생을 통해 배우는 것이 바로 남에 대한 배려입니다. 남을 배려할 줄 아는 사람은 스스로 행복한 사람입니다. 그러고 보면 물질적이든 정신적이든 공양의 대상은 남이 아닌 바로 자신입니다.

티베트에서는 폐관수행을 합니다. 이른바 무문관 수행입니다. 이 수행을 하는 사람들은 천일 동안 밖에 나가지 않습니다. 누군가 시간에 맞춰 공양만 넣어 줄 뿐입니다. 달라이라마는 폐관 수행을 통해 천일 동안 집중하다 보면 몸과 마음, 그리고 모든 기관이 바뀌게 된다고 했습니다. 아라한과에 들어가면 육신통이 나온다고 합니다. 난행, 고행, 집중하는 기간을 통해 심신이 불보살의 몸으로 바뀐다는 내용은 경전에도 나와 있습니다.

지난해 폐관 수행을 하는 곳에 간 적이 있습니다. 움막에는 창문도 없습니다. 폐관 수행은 빛을 차단합니다. 빛이 차단됐다는 것은 시간이 단절됐다는 것을 뜻합니다. 심지어 보름에 한 번 공양물을 넣는데 전에 넣었던 음식이 그대로 있으면 선정 상태이거나 그렇지 않으면 죽은 경우입니다. 다음 달에 신호를 보내서 응답이 없으면 죽은 것입니다. 그러면 움막을 해체합니다. 그곳에서는 죽어서 나오는 경우도 있습니다.

폐관 수행자는 수행에 앞서 서약을 합니다. 부처님과 스승 앞에서 죽음이 와도 이 수행을 하겠다고 말입니다. 이런 모습을 처음 본 우리나라 스님들의 반응은 눈물입니다. 어떤 말도 필요 없습니다. 그냥 웁니다. 부끄럽다고 합니다.

우리는 천일 동안 어디 가지 않는다고 하면 답답증이 생깁니다. 한국 사람들은 가만히 있지 못합니다. 요즘 어린이들은 컴퓨터와 휴대폰을 끊임없이 사용합니다. 그러다보니 머리만 있고 가슴이 없습니다. 눈물도 없고 감동도 없습니다.

불자라면 매일을 수행으로 업장을 소멸시켜 나가야 합니다. 지금 여기에서 극락세계를 인식해야 합니다. 지금 이 시간, 이 몸 받은 것 그대로입니다. 더 이상 어떤 대안이나 편리나 풍요가 필요하지 않습니다. 이 소중한 시간에 이 몸이 얼마나 보배로운지 돌이켜 보시기 바랍니다. 부처님 경전에도 인간 몸 만나기 어렵고 불법도 만나기 어렵다고 했습니다.

개인적으로 당부하고 싶은 말이 있습니다. 끝까지 경전을 봐야 합니다. 많이 본다고 해서 좋은 것이 아니라 마음을 밝히기 위해 하루에 한 줄도 좋습니다. 부처님 말씀은 법보입니다. 경을 매일 읽는 습관을 지니십시오. 이 수행은 결코 흩어지지 않습니다.

절도 마찬가지입니다. 108배가 어려우면 처음에는 좀 낮게 잡으십시오. 21배만 하겠다. 33배만 하겠다, 이 정도 역시 괜찮습니다. 절을 꾸준히 하는 사람들의 희열감은 돈과 매스컴, 영상 매체로 얻을 수 없는 영양제이며 삶의 활력소입니다. 하루 15분만 배려하면 그 자체에서 사랑과 행복을 얻을 수 있습니다. 건강도 좋아집니다.

이 시대가 가장 불안해하는 것 중에 하나는 건강입니다. 암, 심장질환, 당뇨 등 불치병 환자가 많습니다. 이 병들은 대부분 규명이 되지 않습니다. 미국 정부에서는 지난 10년 동안 최고의 의학자 600명에게 숙제를 냈습니다. 어떻게 하면 인간이 불치병에서 벗어날 수 있을까. 2008년에 결과 보고서가 나왔습니다.

달라이라마의 법문을 통해 이 사실을 알게 되었습니다. 현대인의 불치병을 치유하는 길은 단 한 가지입니다. 착하게 살아야 합니다. 사랑의 마음, 남을 위하는 마음을 가져야 합니다. 그런 사람에게는 병이 올 수 없습니다. 놀라운 결과입니다. 그것을 불교에서는 보리심이라고 합니다.

연말연시면 불우이웃돕기 행사를 많이 합니다. 그러나 진정한 도움이 아닙니다. 연말에만 찾아가서 사람들을 모아놓고 사진을 찍는 것은 폭력이나 다름없습니다. 부처님의 가르침은 드러나는 도움이 아니라 드러나지 않는 행동입니다. 오른손이 하는 일을 오른손도 모르게 하는 무주상 보시입니다. 저는 티베트 라닥에서 수행 차원으로 산골 마을이나 절간에 약을 드립니다. 스님도 재가불자도 약을 받고 웁니다. 그 약 때문에 우는 것이 아닙니다. 진심이 통했기 때문입니다. 이웃을 위한 행동은 자기의 일이고 자신의 행복입니다.

기쁨이 있고 미소가 있기 위해서는 자기희생이 따르는 신앙의 실천이 있어야 합니다. 더 밝은 모습, 사랑과 행복이 깃든 모습을 확인할 수 있도록 열심히 살아주시길 간곡히 당부합니다.

22

물길 따라 흐르는 대로
구름 따라 떠도는 대로
그냥
흘러 흘러 가리라.
김시습

현진

청주 관음사 주지 스님입니다. 10대 후반에 동진 출가했습니다. 해인사 승가대학과 송광사 율원에서 공부했고 동국대학교 문화예술대학원을 졸업한 후 월간 〈해인〉 편집위원과 〈불교신문〉 논설위원을 역임했습니다. 〈청주불교방송〉에서 포교프로그램을 진행, 법보종찰 해인사 포교국장 소임을 맡아 수련회를 담당하기도 했습니다. 현재 서원대학교 강사, 청주불교대학장, 충북종교인평화회의 상임대표를 맡아 종교간 화합과 교류에 앞장서고 포교와 교육활동으로 바쁜 나날을 보내고 있습니다.

직지에 담긴 진리

이번 봄 학기부터 대학 강단에서 세계 최고 금속활자본으로 널리 알려진 〈불조직지심체요절佛祖直指心體要節〉을 강의하면서 학생들을 다시 만나고 있습니다. 원문을 통해 직지의 내용을 살펴보고 있는데 선사들이 남긴 옛 글을 마주하는 재미가 사뭇 새롭습니다.

송나라 때의 시인이며 서예가였던 황산곡은 '사대부가 사흘 동안 책을 읽지 않으면 스스로 언어가 무의미하고, 거울에 비친 자기 얼굴 모습이 추해진다.'는 명언을 남겼습니다. 흔히 책에서 나오는 기운을 서권기라고 표현합니다. 좋은 글과 그림을 마주함으로써 그 고매한 인격이 자신에게로 옮겨 온다는 뜻입니다. 그래서 날마다 옛 사람의 글과 시를 대하면서 덕지덕지 낀 얼굴의 속기를 털어 낼 수 있다는 말이겠습니다.

그렇다면 고인이 남긴 시문을 읽는 것은 자신의 삶을 비추어 볼 수 있는 보감일 것입니다. 이런 점에서 직지는 불조들의 인품과 사상을 엿볼 수 있는 어록의 백미라 할 수 있습니다. 무엇보다 그 시대를 대표하는 선승들의 주옥같은 가르침을 소개하고 있어서 그 내용이 더욱 풍성하고 알찹니다.

첫 장을 넘기면서 문득 이런 의문이 들었습니다. 불교의 가르침을 담은 경전과 어록이 참으로 많은데도 불구하고 600여 년 전에 왜 주자를 이용하여 직지를 인쇄하였을까, 하는 것이었습니다.

목판 글자는 마모가 쉬우며, 조판組版과 보관의 어려움 들이 있었으므로 그 단점을 보완하기 위해 금속활자를 만들어보았을 것입니다. 한편, 쇳물을 부어 단단한 글자를 만들어서 인쇄 하였다는 것은 한 종류의 책을 세대를 막론하고 읽을 수 있도록 보급하겠다는 의지도 담겨 있습니다. 그만큼 직지는 소중한 가르침이 담겨 있는 교양서적이었던 것입니다.

직지의 행간을 살펴보면 그 해답이 보다 분명해집니다. 불교도가 아닌 사람은 다소 어려운 문장이 될 수 있겠으나 지혜와 명상을 공부하려는 사람에게는 참으로 친절한 길잡이가 되는 내용이 수두

룩합니다. 아마도 이러한 좋은 금언을 세상에 널리 알리고 싶은 간절한 염원이 있었겠지요. 불교도가 아닌 사람은 다소 어려운 문장이 될 수 있겠으나 지혜와 명상을 공부하려는 사람에게는 참으로 친절한 길잡이가 되는 내용이 수두룩합니다. 아마도 이러한 좋은 금언을 세상에 널리 알리고 싶은 간절한 염원이 있었겠지요. 그랬으므로 백운화상은 여든다섯의 노안에도 불구하고 손수 등불을 밝히고 이 책의 내용을 다듬고 보충하였던 것입니다.

따라서 이 책의 부제를 〈백운화상초록白雲和尙抄錄〉이라고 달았습니다. 즉, 노사가 부처님과 여러 큰스님들이 남긴 중요한 말씀을 손수 베껴서 정리했다는 뜻이므로, 요즘 말로 풀어 본다면 '마음을 밝히는 307가지 잠언'이라고 할 수 있겠습니다. 본래 이 책은 백운화상이 원나라에서 공부할 때 스승으로 모셨던 석옥선사가 그에게 전해 준 것이었습니다. 그 초본을 보완하고 증보하여 두 권의 책으로 후대에 남긴 것이므로 엄밀히 따지자면 백운화상은 직지의 개정 편역자인 셈입니다.

그러나 이 책은 백운화상이 입적하고 3년 뒤에 비로소 책으로 출판됩니다. 1377년 청주 흥덕사에서 금속활자로 간행이 되고, 이듬해에는 여주 취암사에서 목판본으로 다시 간행이 되었습니다. 1년 차이로 판본을 바꾸어 가면서 거듭 인쇄하였다는 것은 그만큼 수요가 많았다는 뜻입니다. 그 당시 이 책에 대한 불교계의 평가는 '캄캄한 어둠을 밝혀 주는 등불이며, 무더위를 식혀 주는 시원한 바람'으로 비유했을 만큼 그 반응이 뜨거웠습니다. 다시 말해 출판되자마자 독자들의 사랑을 받는 베스트셀러의 반열에 올랐다는 말이기도 합니다.

그런데 그 당시 청주 흥덕사에서 금속활자본으로 간행된 직지는 그 수량이 적었던 것일까요. 지금까지 우리나라에서는 좀처럼 그 시대의 활자본이 발견되지 않고 있습니다. 다만, 프랑스 국립도서관에 하권이 소장되어 있는 것이 유일합니다. 세계 최초의 금속활자 종주국의 지위를 가지고 있으면서도 그 현품은 남의 나라에 있는 모양이 되었으니, 직지를 탄생시킨 청주시의 위상도 제자리걸음이 될 수밖에 없습니다. 그래서 고액의 상금까지 걸고 국내를 비롯한 국외에서까지 흥덕사에서 간행한 활자본을 찾고 있으나 진품을 소장하고 있다는 소식은 아직 없습니다.

그렇다면 청주에서 인쇄한 직지가 왜 그토록 먼 이국땅에 가 있을까요? 조선 고종 때 프랑스 대리 공사로 우리나라에 와서 근무한 적이 있었던 꼴랭드 쁠랑시가 고서적을 수집하여 가져간 장서 속에 이 책도 포함되어 있었습니다. 그 후 골동품 수집가였던 앙리 베베

르에게 넘어갔고 그가 사망한 후 유언에 따라 프랑스 국립도서관에 기증되었습니다. 이 때문에 지금까지 고국으로 돌아오지 못하고 그 먼 이국의 도서관에 보관되어 있는 것입니다.

나는 아직 프랑스에 가 본 적이 없습니다. 그래서 그 실물을 보지는 못했지만 다행히 하권을 촬영한 영인본이 있어서 그 크기와 글자를 어느 정도 확인할 수 있습니다. 책의 크기는 세로 24.6센티미터, 가로 17센티미터로 16절지 정도이며, 두께도 39페이지라서 손에 꼭 들어옵니다. 이는 다른 판형보다 좀 작고 얇은 형태라고 해야 할 것입니다. 표지는 연꽃무늬가 있는 능화판에 '직지' 라고 붓글씨로 쓰여 있습니다. 서체의 기교로 볼 때 고려시대의 붓놀림이 아니라는 전문가들의 의견을 종합해 보면 초간 당시의 표지는 아닌 것 같습니다.

이 영인본의 표지에는 프랑스어로 적은 깨알 같은 펜글씨가 눈에 띕니다. 1901년 모리스 쿠앙이 《한국의 서지》를 간행하면서 그가 간단하게 메모를 해 놓은 것입니다. 그 내용을 보자면 '1377년에 주조된 활자로 인쇄된 가장 오래된 한국 인쇄본이다.' 라는 글귀입니다. 그런데 이 메모가 세계를 놀라게 하고 말았습니다. 1972년 세계도서의 해를 기념전에 이 책이 전시되면서 이 지구상에서 가장 오래된 현존의 금속활자본이라는 사실이 비로소 확인된 것입니다.

이 사실은 그 당시 프랑스 국립도서관에서 근무하던 박병선 여사의 도움으로 한국에서도 서지학적인 고증이 이루어지게 되었습니다. 어찌 보면 박병선 여사는 직지의 가치를 세계에 알린 공덕주나 다름없습니다. 이제는 세월이 흘러 박병선 여사는 고령의 나이가 되어 병환 중에 있다고 합니다. 불교계는 그 고마움을 잊지 않고 성금을 모아 위로해 준 것도 알고 보면 이러한 역사 속의 주인공이기 때문입니다.

누구나 아는 것처럼 이 책에는 과거의 일곱 부처님을 비롯하여 인도의 28조사와 중국의 110선사 등 145가의 법어를 가려 뽑아서 307편으로 읽기 쉽게 상, 하권으로 이루어져 있습니다. 그러므로 '마음 찾기' 와 관련하여 명사들이 남긴 긴요한 가르침이 가득 담겨 있는 것입니다. 한마디로 이 책은 마음이라는 복잡한 퍼즐을 풀 수 있는 해답을 제시해 놓은 일종의 압축 파일인 셈입니다.

이러한 내용으로 미루어 보았을 때 '마음이 곧 부처' 임을 주장하는 고려 선종의 입장에서는 당연히 선풍을 널리 떨치려는 목적에서 직지를 편찬하고 유포하였으리라 믿어지며, 그 과정에서 목판활자의 한계를 극복하기 위하여 금속활자의 획기적인 연구가 있었을 것이고 그런 노력은 결국 인쇄술의 발달로 이어졌으리라 여겨집니다.

그리고 직지를 간행할 때 활자본의 서문은 성사달이 적었으며, 목판본 서문은 이색의 이름이 올라 있습니다. 고려 후기의 대표적인 두 문장가가 아름답고 간결한 문체로 소개하며 후학들에게 읽어볼 것을 강력하게 추천할 정도로 그 사상이 훌륭하고 뛰어났다는 사실을 짐작할 수 있습니다.

이 책이 유포될 때의 시대 상황을 되짚어 봅시다. 고려왕조가 서서히 기울어 가던 시기였습니다. 이 책을 청주 흥덕사에서 인쇄하고 정확하게 15년 후에 고려는 무너지게 됩니다. 그렇다면 금속활자 직지는 고려가 남긴 마지막 명품이라 해도 과언이 아닙니다.

이번에 학생들과 함께 직지를 읽으면서 행간마다 무심이라는 법문이 수없이 반복되고 있다는 사실을 알았습니다. 그리고 청주의 도심을 유유히 흘러가는 무심천의 지명도 여기에서 유래되었다는 것을 추정할 수 있었습니다. 실제로 흥덕사지와 무심천은 멀리 떨어져 있지 않습니다. 아마도 고려시대에는 절 마당에서 바라보면 무심천이 한눈에 들어왔을 위치입니다. 청주 운천동 절터와 사뇌사 절터 등도 무심천과 인접한 곳에 있었던 것으로 미루어 보아 무심천은 불교 용어에서 비롯되었다는 주장이 가능합니다.

무심은 '차별이 없는 깨달음의 경지'를 말합니다. 번뇌와 망상이 일어나기 이전의 청정한 본성을 다른 말로 무심이라고 합니다. 이 뜻은 인간이 가지고 있는 미혹과 욕심에서 자유로울 때 비로소 평화로운 마음을 지닐 수 있다는 가르침입니다.

이 무심의 요지는 마지막 장에 실려 있는 천복승고선사의 법어에 압축되어 있습니다.

"불법을 배우려고 하지 말며, 오직 스스로 무심하여야 한다."

이는 이론이나 지식으로 마음의 본성을 알려고 하면 10만 8천 리 멀어진다는 말씀. 오히려 스스로 분별과 시비에서 자유로울 때 삶의 모순과 한계를 극복한다는 것입니다. 삶은 철저한 체험을 요구하는 공부입니다. 따라서 어떤 정보나 학습으로 접근한다면 본질에 다가설 수 없습니다. 선가에서 말하는 격외와 파격은 이러한 편견과 타성을 거부할 때 가능하다는 입장입니다. 그래서 선사들은 줄곧 자신의 아집과 대립적 논리에서 자유로워질 것을 권하고 있습니다. 어떤 형식에 얽매이면 자신의 본성은 매몰되고 말기 때문입니다. 이런 가르침이 선사상의 매력입니다.

천복승고선사는 무심의 경지에서 공부할 것을 권유하면서 다음과 같이 용기를 주고 있습니다.

> 근기가 예리한 사람은 한나절에 해탈할 것이요, 근기가 둔한 사람은 3년이나 5년 정도면 해탈할 것이요, 아무리 길어져도 10년을 넘지 않을 것이다. 그럼에도 불구하고 깨달음을 얻지 못한다면 내가 그대들을 대신하여 발설지옥에라도 들어가겠다.

만약, 10년을 공부해도 깨닫지 못했다면 먼저 무심이 되었는지를 살펴봐야 할 것입니다.

지난 학기에는 학생들에게 무심의 가르침을 가장 잘 드러내고 있는 게송을 적어오라는 숙제를 낸 적이 있었습니다. 그때 학생들은 본문 가운데 등장하는 당말의 스승 용아거둔선사의 법문을 가장 좋아했습니다. 소개하면 이런 내용입니다.

> 문 앞의 나무는
> 새가 깃들거나 날아가는 것을 잘도 포용하고 있구나.
> 오는 자에게도 무심하고
> 날아가는 자도 사모하지 않네.

사람의 마음이 이와 같다면

도와 서로 어긋나지 않으리라.

이 부분이 학생들에겐 무척 마음에 와 닿았나 봅니다. 항상 세파와 속진에 갈등하고 방황하는 젊은이들로서는 위로와 격려가 되는 가르침이었을 것입니다. 누구나 나무처럼 살 수 있다면 비본질적인 요소 때문에 일희일비하지는 않을 것 같습니다.

세상에서 영원한 것은 그 무엇도 없습니다. 아무리 빛나는 보석일지라도 언젠가는 빛을 잃게 되어 있고, 그 어떤 재산이나 명예도 결국에는 무너지고 마는 게 세상 이치입니다. 이러한 진리를 무상이라 말합니다. 한 순간도 고정되어 있지 않고 변화하는 진리를 부정하거나 거역하는 자는 그래서 어리석습니다.

이런 무상의 자각을 통해 삶의 욕망과 집착을 내려놓아야 합니다. 삶의 본질이란, 이처럼 변화하는 것을 인식하는 통찰력 같은 것입니다. 그렇다면 무엇이 영원한가요? 영원한 것은 한 가지도 없다는 그 진리만이 오직 영원합니다. 그래서 낙보 화상의 부구가도 이 책에서는 눈여겨볼만 합니다.

흥덕사에서에 찍은 직지가 구텐베르그의 42행 성서보다 70년이나 앞서 간행된 주자본이라는 역사적 의미와 자부심도 중요하지만 이보다는 불경을 인쇄했다는 종교적 배경도 소홀히 해서는 안 됩니다. 이런 관점에서 외형의 가치보다는 직지가 간직하고 있는 무형의 가르침을 배우고 실천하는 일이 진정한 의미에서의 복원입니다. 즉 직지의 문화적인 가치보다는 그 정신적인 내용을 널리 알리는 일이 이 시대에 더 필요한 원력입니다. 따라서 이곳저곳에서 직지의 사상을 전하는 강좌가 더 많이 마련되어야 할 것입니다.

이런 까닭에, 제가 살고 있는 사찰에서 직지 강연회를 여러 차례 개최하기도 했고, 또한 대학교에서도 '직지의 이해와 체험' 이라는 교양 과목을 개설하여 몇 년째 그 사상을 젊은이들에게 전하고 있습니다. 이 모두가 직지를 사랑하는 저만의 독특한 방식이며 소명입니다. 어찌 사람과 사람이 정을 나누는 일만이 사랑이겠습니까. 저는 한 시대의 스승이나 그 사상을 흠모하는 것도 사랑의 실천이라 생각합니다.

직지를 다시 생각해 봅니다. 삶의 지혜와 값진 교훈이 담긴 직지를 많은 이들과 나누고 싶은 게 저의 소망입니다. 직지는 까마득한 신화나 이끼 낀 먼 시대의 전설이 아니라 시공의 초월하여 우리 시대에 더욱 필요한 고전이라는 것을 거듭 확신하게 됩니다.

이 책을 초록했던 백운화상의 자비심과 노파심이 새삼 가슴 뭉클하게 합니다. 그리고 금속활자로 직지 출간에 앞장섰던 묘덕 비구니와 백운의 문인門人 석찬, 달잠스님의 노고도 바람결에 실려 옵니다. 이 분들이 우리에게 전했던 600여 년의 전의 사랑이 제 마음에 뜨겁게 다가옵니다.

23

소 타고 가는 저 노인 편안한 얼굴이네.
부연 안개비 속에 언덕길 넘네.
저 냇가 어디쯤 집이 있는가
흐르는 냇물 위에 석양이 지네.

곽여

현호

조계종 안양 지장선원 주지 스님입니다. 동국대학교 불교대학원을 졸업하고 중국 구화산 육신보전에서 3년간 수행했습니다. 중국 광동성 운문산 남화선사 운문종 13대 불원 대화상 14대전법수지 제자로 현재 안양불교대학장을 맡고 있으며, 안양동안경찰서 경승위원장, 안양교도소 교정위원, 안양시청불자회 지도법사로 도심속 생활 불교를 지향하면서 포교에 매진하고 있습니다.

고통까지 사랑하는 마음

인생의 네 가지 근본적인 고통 즉 사고四苦에 대해 이야기 할까 합니다. 사고는 생로병사生老病死입니다. 모든 생명은 인因과 연緣에 의해 태어납니다. 우리는 아버지의 정자와 어머니의 난자가 수정이 되면서 어머니의 뱃속에서 열 달을 있다가 아주 좁은 문을 통해 세상의 빛을 봅니다.

그러나 태어나는 과정이 고통입니다. 일단 좁은 문을 통과하는 것 자체가 고통이기도 하지만 죽음으로 끝나는 과정의 시작이기에 고통입니다. 이것이 첫 번째 고통인 생고生苦입니다.

아이가 태어나는 순간을 한 번 봅시다. 어머니 태속의 양수와 함께 있을 때는 울 수가 없지만 일단 태어나면 소리를 한번 질러야 합니다. 인간이나 축생이나 마찬가지입니다. 태어나자마자 우는 아이들도 있지만 울지 않는 아이도 있습니다. 그러면 거꾸로 들고 등을 때립니다. 그래야 입안의 양수가 쏟아져 나오고 비로소 울음과 동시에 숨을 쉴 수 있습니다. 그게 일성一聲입니다.

태어나면 앞으로 고통의 연속입니다. 태어났으니, 당연히 늙겠지요. 노고老苦입니다. 늙어가는 고통입니다. 늙음은 어디서 오는 걸까요. 그저 자연의 법칙입니다. 늙어 궁극적으로 소멸되는 현상에 자유로운 것은 없습니다. 늙지 않으려고 발버둥을 쳐도 소용이 없습니다. 그러면 어떻게 해야 할까요. 늙지 않겠다는 허황된 생각을 버리고 건강하고 아름답게 늙도록 노력해야 합니다. 그러기 위해서는 긍정의 마음을 가져야 합니다. 부처님께 귀의해 열심히 수행하고 기도해야 합니다.

부정하고 투정하고 짜증만 내면 곱고 아름답게 늙을 수 없습니다. 긍정적으로 살게 되면 엔돌핀이 나옵니다. 긍정의 에너지가 넘치게 됩니다. 부처님은 말씀하셨습니다. 극락도 지옥도 다 내 마음으로 만들어 낸다고. 삶은 우리 스스로 마음으로 만들어가는 것입니다.

극락과 지옥은 어디에서 만들어집니까. 바로 나의 욕망에서 만들어집니다. 얼마 전 입적하신 법정 스님께서 하신 말씀도 바로 이 말씀입니다. 욕망을 적게 하고 절제하라는 것 아닙니까. 그것이 법정 스님의 무소유입니다. 무소유는 작은 것에서 만족하라, 또는 중도의 삶을 살라는 이야기입니다. 무소유니까 돈을 벌지 말라 그런 이야기가 아닙니다. 과도하게 욕심을 부리지 말라는 말입니다. 그러면 늙음 또한 아름답게 물들일 수 있습니다.

늙음과 항상 함께 하는 것이 병고病苦입니다. 모든 사람이 병을 가지고 있습니다. 어떤 특정 부위가 크게 아프거나 드러나지 않아서 그냥 살아가는 것이지 병은 항상 몸 안에 내재되어 있습니다.

부처님은 일찍이 의왕이신 약사여래 부처님을 보신불로 보냈습니다. 약사여래는 인간의 병을 404가지로 진단했습니다. 우리는 이렇게 많은 병과 함께 살고 있습니다.

공양을 드시게 되면 혼자 드시는 것이 아닙니다. 몸속에 있는 모든 생명체와 함께 나눠 먹는 것입니다. 몸 안에는 기생충도 있고 암덩어리도 있습니다. 좋은 백혈구 나쁜 백혈구가 섞여 있습니다. 몸 안에서 서로 공생하고 있습니다. 그래서 늙기 마련이고 병이 있기 마련입니다. 이렇게 늙고 병들면 필연적으로 사고死苦를 맞이하게 됩니다. 죽음입니다.

죽음의 표정도 모두 다릅니다. 어떤 보살은 염주를 들고 아미타불을 찾다 가시니까 죽어서도 표정이 밝고 얼굴이 평온합니다. 그런데 어떤 분은 약을 먹고 돌아갔는데 원망이 있는 상태로 가셔서 그런지 얼굴 표정이 험악하고 무섭습니다. 사후세계의 육신은 마지막 임종할 때의 마음자리가 그대로 굳어지는 것입니다. 그러니까 극락이나 천당 가시려면 웃으면서 가셔야 합니다. 모든 것을 놓고 집착을 끊고 훌훌 털어버려야 합니다. 자식도, 남편도, 아내도 집착할 것이 없습니다.

죽는 고통 또한 모두 다릅니다. 중환자실에서 죽지 못하는 이도 있고, 반대로 평온하게 가시는 이도 있는데 모두 전생의 업에 의한 것입니다. 중환자실에서 죽지 못하는 이는 전생의 업이 소멸되지 않았기 때문입니다. 유교에서는 인명은 재천이라고 말합니다. 그러나 하늘이 어떤 사람의 명을 정해 주지는 않습니다. 나의 생명은 자신이 지어 받는 업의 결과입니다. 전생에 살생을 많이 한 사람은 금생에 살생의 과보로 죽음을 당하고 전생에 복을 많이 지은 이들은 금생에 부자로 살고 전생에 공부를 많이 한 사람은 이생에서 지혜로운 삶을 삽니다. 부처님은 복과 지혜를 모두 구족하셨습니다. 그래서 양족존兩足尊이라고 합니다.

그렇기 때문에 지금의 삶이 중요합니다. 복을 많이 짓고 지혜를 갖추는 것이 중요합니다. 그리고 임종할 때 그냥 온 곳으로 다시 돌아간다고 편안하게 생각하면 됩니다. 두려움이나 공포를 가질 필요도 없습니다. 집착을 가질 필요도 없습니다.

여기서 한발 더 나아가면 어려운 이야기가 되겠지만 돌아갈 곳이 있다면 과연 어디서 왔느냐도 중요합니다. 일단 부모를 의지해서 왔습니다. 그러면 배속에 들어오기 전에 어디에서 왔을까요. 이것이 화두입니다. 부모미생전 본래면목父母未生前 本來面目이라고 합니다. 부모에게서 태어나기 전 나는 무엇이며 어디에 있었는가. 생명으로 태어난 이상 그 생명의 본질은 있었을 겁니다.

그 주체가 불교에서 보면 법신입니다. 청정법신 비로자나불. 영원하며 불생불멸하는 것은 법신밖에 없습니다. 지금 이 순간에도 우리와 함께 하고 있습니다. 법신의 의식 작용으로 여러분이 저를 보고 부처님의 가르침을 듣습니다. 그런데 이 법신은 어디에 있을까요. 머리에 있을까요. 심장에 있을까요. 알 수 없습니다. 형상이 없기 때문입니다. 모양도 없고 색깔도 없습니다. 이 자체는 죽음이 없습니다. 육체는 유한적이기 때문에 지수화풍으로 돌아가야 하지만 법신은 불생불멸입니다.

이런 사실을 알고 있다고 해도 죽음은 두렵습니다. 죽음이 좋아 웃으면서 가는 사람은 거의 없습니다. 생명에 대한 애착 때문입니다. 그러나 인과의 도리를 안다면 죽음은 필연이고 그렇다면 죽음도 준비를 해야 합니다. 어떻게 준비하느냐. 한 가지만 일념으로 하면 됩니다. 아미타불을 10번만 염송해도 극락에 간다고 합니다. 그러니 미혹한 중생인 우리는 아미타불의 본원력에 의지해야 합니다.

매일같이, 아침에 일어나도, 저녁에 잠자리에 들기 전에도 아미타불 염송을 해야 합니다. 그러면서 마음속으로 기도해야 합니다. 제가 부족하고 덕이 없지만 아미타부처님 본원에 계합해서 다음 생에 꼭 극락에 태어나게 해 주십시오. 그리고 저와 같이 아미타불을 염송하는 모든 불자들이 극락에 태어나 아미타불의 가르침으로 성불을 이루도록 이끌어 주십시오. 이렇게만 한다면 100점입니다.

거창하게 기도하고 축원할 것 없습니다. 그러나 진심으로 해야 합니다. 돋보기로 한곳만을 집중하면 불이 붙듯이 그렇게 일념으로 해야 합니다. 관세음보살도 마찬가지고, 지장보살도 마찬가지입니다. 그저 일념으로 자면서도 꿈속에서도 염송을 해야 합니다.

나이 든 어르신들의 경우 경로당에서 화투놀이로 소일을 하는 것을 많이 봅니다. 물론 화투가 치매 예방에도 도움이 되고 여러모로 효용성이 있다는 말이 있습니다. 그렇지만 임종에는 도움이 되지 않습니다. 그럴 시간에 아미타불을 염송해야 합니다. 아미타불을 지극정성으로 염송하면 죽음으로 갈 때 그 힘이 나룻배가 되고 등불이 될 것입니다.

버리는 연습도 해야 합니다. 관은 작아서 몸 밖에 들어가지 않습니다. 그러니 욕심부리지 말고 주변에 나눠 주는 연습을 해야 합니다. 비싼 안동포 수의를 입든, 중국산 수의를 입든 타고 나면 한줌의 재뿐입니다. 그러니 값싼 중국산 수의로 마련하고 대신 나머지 돈은 독거노인이나 어려운 이웃을 돕는데 사용해야 합니다. 지진 피해 입은 아이티도 좀 돕고 경로당에 가서 밥도 사고 그래야 합니다.

온 곳도 모르고 갈 곳도 모르지만 시간에 편승해서 가고 있습니다. 이것이 생로병사입니다. 그렇지만 우리는 늘 행복한 마음, 사랑하는 마음, 긍정적인 사고, 베풀고 나누는 마음을 연습해야 합니다. 그래야 아미타불의 극락 회상에 갈 수 있고 다시 태어나더라도 복과 지혜를 구족한 현명하고 아름다운 사람이 될 수 있는 것입니다.

생로병사의 고통까지 사랑하세요. 생을 값지게 받아들이고 사를 두려워하지 마세요. 진정으로 행복할 수 없습니다. 긍정적인 생각도 떠오르지 않습니다. 삶을 사랑하여 모든 이가 극락으로 초대받기를 바라며, 부디 우리 모두 성불합시다.

24

인연따라 왔다가
인연 다하여 가네.
수미산을 후려쳐 꺾어 버리니
허공만이 홀로 드러나 있네.
열당조은

혜자

서울 도선사 주지 스님입니다. 삼각산 도선사에서 청담 큰스님을 은사로 동진 출가했습니다. 대한불교 조계종 총무원 문화부장을 거쳐 현재 학교법인 청담학원 사회복지법인 혜명복지원 이사장, 인드라망 생명공동체 공동대표, 108산사순례 기도회 회주, 불교신문사 사장입니다.

초코파이 사랑

인생을 살다보면 참으로 아름다운 인연을 많이 만납니다. 부모와 자식, 친구, 스승과 제자, 부부의 인연 등 헤아릴 수 없이 많은 인연으로 쌓여 있습니다. 나에게 있어 소중한 인연 중에 첫 번째를 꼽으라면 연꽃 같이 맑고 깊은 진리의 가르침을 준 부처님입니다. 두 번째는 나를 스님의 길로 인도해 준 청담 스님입니다. 세 번째는 바로 108산사순례 길에 나선 회원들입니다.

매일매일 만나는 아침이 새롭듯이 나는 늘 이 순간이 새롭습니다. 내일이면 또다시 새로운 세상을 만납니다. 그것이 인생입니다. 우리가 한 달 한 달 마음으로 찾아가는 산사 또한 새로운 인연을 짓는 곳입니다. 만나는 산새와 풀꽃, 천년의 탑과 전각, 그리고 부처님과의 만남 또한 경이롭습니다. 이것은 평생 간직하고도 남을 소중한 인연이라 생각합니다.

나는 지난 4년간 108산사순례기도회 회원들과 맺은 인연을 참으로 기쁘게 생각하고 있습니다. 나와 회원들은 결코 풀리지 않는 견고한 매듭처럼, 인연의 끈으로 묶여 있습니다. 어디 그뿐입니까. 시간과 거리를 뛰어 넘어 한 달에 한 번씩 물과 공기 좋은 곳에서 도반들을 만나고 스님의 법문을 만나는 기쁨 또한 빼놓을 수 없습니다. 이보다 더 좋은 인생의 여행은 아마 없을 것입니다.

어느 날 산사순례를 마치고 각자 즐거운 마음으로 돌아가는 버스 행렬을 마중하고 난 뒤 새삼 깊은 생각에 젖어 들었습니다. 그때 나는 참으로 그들과 끊어질 수 없는 인연의 끈을 단단히 맺고 있음을 새삼 깨달았습니다. 그동안 염주 보시를 하면서 회원 한 분 한 분에게 염주 한 알씩을 직접 전했습니다. 물론 5천여 명의 회원에게 일일이 염주를 보시하는 것은 시간도 많이 걸리고 육체적으로도 매우 힘듭니다. 하지만 한 분, 한 분의 마음으로 바라보면서 염주를 보시하며 서로 부처님의 미소를 짓습니다. 이 또한 나의 마음이며 산사순례의 모습입니다. 그렇기 때문에 우리들에게는 언제나 좋은 일만 생기는지도 모르겠습니다.

지난주 도선사 108산사순례기도회 사무실로 뜻밖의 편지 한 장이 날아들었습니다. 그 감사의 편지는 108산사 순례기도회 회원들이 그동안 초코파이를 장병들에게 보시한 것에 대한 오리온제과 임직원 일동이 보낸 것이었습니다.

> 부처의 자비와 사랑을 자사의 초코파이에 담아 나라를 위해 애쓰는 국군장병들에게 따스한 정을 전하고 계시는 선묵 혜자 스님과 5천여 명의 108산사순례기도회 회원님들의 신행에 큰 감동을 받았습니다. 선묵 혜자 스님의 글을 읽으며 초코파이를 받고 행복해 하는 국군 장병들의 모습이 떠올라 가슴 한구석이 뭉클했습니다. 국군 장병들에게 초코파이가 단순히 작은 감사의 의미를 넘어 아들을 사랑하는 어머니의 마음이 느껴지는 위문편지만큼이나 따스함을 준다는 말씀에 자사는 더욱 큰 책임감과 자부심을 느낍니다.

이 편지는 지난 모 일간지에 실린 '장병들에게 보내는 초코파이 160만 개'라는 에세이에 대한 답례였습니다. 나는 편지를 읽고 가슴이 뭉클했습니다. 우리 어머니들이 행하는 초코파이 보시는 참으로 뜻깊은 일임을 새삼 가슴으로 확인했기 때문입니다. 우리가 행하는 보시는 그 어떤 대가를 바라는 것이 아닌 진실로 마음으로 하는 무주상보시라 생각합니다. 그러나 이러한 작은 실천으로 국민들에게 감동을 주고 한 기업에 희망을 준다는 사실이 참으로 기쁘지 않을 수 없습니다. 뿐만 아니라 일간지에 실린 기사의 댓글로 어머니들의 이러한 노력이 장병들에게 대단한 위안이 되고 위문이 된다는 사연이 줄줄이 올라왔습니다. 108산사순례 회원들이 행하는 모든 보시는 사회봉사의 선례가 된다는 평도 있었습니다.

앞으로도 꾸준히 초코파이 사랑을 전할 것입니다. 이렇듯 우리가 진실한 마음으로 보시를 행한다면, 우리는 어느 날 크나큰 부처님의 가피를 받게 될 것입니다. 108산사순례는 스님과의 약속이 아니라 자기 자신과 부처님의 약속입니다. 진실로 정성스러운 마음으로 한 곳 한 곳 순례 사찰을 찾을 때마다 그동안 마음속 깊은 곳에 있는 업보를 벗게 될 것입니다.